触动一生的神话故事

胡罡 主编

黄河出版传媒集团
阳光出版社

图书在版编目（CIP）数据

触动一生的神话故事 / 胡罡主编 .—— 银川：阳光
出版社 ,2016.8（2022.05重印）
（校园故事会）
ISBN 978-7-5525-2824-4

Ⅰ.①触… Ⅱ.①胡… Ⅲ.①神话 – 作品集 – 中国
Ⅳ.① I277.5

中国版本图书馆 CIP 数据核字 (2016) 第 190141 号

校园故事会　触动一生的神话故事　　　　　胡罡　主编

责任编辑　贾莉
封面设计　华文书海
责任印制　岳建宁

黄河出版传媒集团
阳　光　出　版　社　出版发行

地　　址	宁夏银川市北京东路139号出版大厦（750001）
网　　址	http://www.ygchbs.com
网上书店	http://shop129132959.taobao.com
电子信箱	yangguangchubanshe@163.com
邮购电话	0951-5047283
经　　销	全国新华书店
印刷装订	天津兴湘印务有限公司
印刷委托书号	（宁）0020132

开　　本	710 mm×1000 mm　1/16
印　　张	7.75
字　　数	96千字
版　　次	2016年9月第1版
印　　次	2022年5月第2次印刷
书　　号	ISBN 978-7-5525-2824-4
定　　价	30.00元

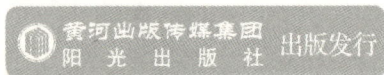

前　言

　　我们在故事的摇篮里长大,故事就像一个最最忠实的好朋友,时时刻刻陪伴在我们身边。它把勇敢和智慧传递给我们,也把快乐、爱与美注入我们的心田。

　　《校园故事会》系列所选用的故事内容丰富、主人公形象生动活泼,而其寓意也非常深刻,会让你在愉快的阅读中了解到什么是美,什么是丑,什么是善,什么是恶,什么是直,什么是曲。我们相信,这些故事一定会使广大学生受益匪浅。真诚地希望本系列丛书能成为家长教育孩子的好助手,学生成长的好伙伴!

　　本系列丛书内容包括亲情、哲理、处世、智慧等故事,会使你在阅读中收获真知与感动,在品味中得到启迪与智慧。可以说,它们是父母送给孩子的心灵鸡汤,自己送给自己的最好礼物,同学送给同学的智慧锦囊,老师送给学生的精神读本。

　　总而言之,这是一套值得您精读,值得您收藏,更值得您向他人推荐的好书。因为课本上的道理是一条条教给您的,而这套书中的“故事”所蕴含的大道理、大智慧是要您自己揣摩的。

　　本系列图书在编写过程中不免会有瑕疵,望广大读者批评指正,我们会虚心改正。

编　者

目　录

后羿射太阳

谁都知道,天上只有一个太阳。可有人说,在很久很久以前,天上曾有过十个太阳。这十个太阳是亲兄弟,住在一棵又高又粗的大树上。这棵大树呢,长在无边无际的大海中央。

这十个太阳轮流着到天上去,每天一个。当公鸡喔喔啼叫的时候,一辆金光闪闪的车子,由六条龙拉着,停到大树下。这天轮到谁,谁就坐上车子,让妈妈陪着到天宫去。到了晚上,妈妈再把这个太阳送回树上。

一天夜里,十个太阳在一起商量,要一块儿上天玩个痛快。他们说干就干。第二天,他们就一个接一个地上天去了。哎呀呀,这下可不得了啦,十个太阳在一起,天上亮得叫人睁不开眼睛,地上热得叫人喘不过气来。河里的水被晒干了,地里的庄稼被烤焦了,好多人又渴又热,倒在地上死了。啊,太阳十兄弟在天上再多待一会儿,世界就要毁灭了。

这时,出现了一个天神,名叫后羿,他是个神射手。他马上拿起弓,带上十支箭去射太阳。

他瞄准一个太阳,拉开弓,搭上箭,"嗖"的一声,一个太阳像火球似的从天上掉下来,落到大海里。后羿一连射下五个太阳,可地上仍是那么热。他又接连射下四个太阳,这下天气跟平常一样了,地上的人们高兴得欢呼起来。

后羿想把最后一个太阳也射下来,地上的人们齐声喊道:"留下一个太阳吧,要不整个世界就没有亮光、没有温暖了。"

后羿想想也对,就收起弓箭回去了。天上呢,从此就只有一个太阳了。

滴水藏海

祸害人民的人,下场都是可悲的;造福人民的人,人民永远把他铭记心中。

夸父追太阳

很久以前,有个长得又高又大的巨人,名字叫夸父。他坐在地上,就像一座高山;他站起来呀,脑袋就碰到天上的云啦。

夸父是个好心人。他看到太阳每天早上从东边升起,傍晚从西边落下,夜里人们什么也看不见,他就打定主意,要把太阳搬到地上来,让地上的人们不分白天黑夜,都能晒到太阳,得到亮光。

夸父说干就干,这天一早,他就开始追赶太阳,他跑呀,奔呀,追呀,一直追到太阳下山,眼看就要抱住太阳了,他加快脚步扑上去。可太阳像个大火球,呼啦啦地喷着火,把夸父烤得口干舌燥。他就转身跑到黄河边,弯下腰,"咕嘟、咕嘟"地大口喝水。没几口,黄河里的水被他喝光了。夸父还是口渴,他又跑到渭河边,"咕嘟、咕嘟"没几口,又把渭河的水喝光了。

夸父喝了这么多水,还是渴得难受。他就转身朝北去找水喝。他越跑越慢,渐渐地停下来,身子晃了晃,"轰隆"一声,倒在地上。唉,夸父渴死了。

夸父手里有根手杖,一下子掉在地上。一会儿,这根手杖生了根;再过一会儿,手杖发了芽、抽了枝,长成了一棵桃树。后来,这地方长出一棵又一棵桃树,结出一颗又一颗大桃子。要是谁走路口渴了,就

3

摘几个桃子吃吃，就不渴了。人们都说，这些桃树是夸父留给热爱光明、又很勇敢的后代的人们的。

滴水藏海

夸父的执着精神是值得我们学习的，但他做的事情是否有意义，却值得我们深思。

牛郎织女

从前,有个放牛的小伙子,名字叫作牛郎。牛郎跟一头老水牛相依为命。他靠老水牛的帮助,娶了一个仙女做妻子。这仙女是天帝的女儿,名叫织女。

牛郎和织女结婚后,相亲相爱,男耕女织,过着幸福的生活。几年后,他们生了一个儿子和一个女儿,他们的生活更欢乐了。

不料,织女和牛郎结婚的消息被天帝知道了,天帝大发雷霆,说织女犯了"天条",立即派天神将织女抓回天庭。

织女走后,牛郎时时刻刻在想念着织女,两个孩子也整天哭着要妈妈,可是有什么办法呢?一天,老牛对牛郎说:"牛郎,我快要死啦!我死以后,你把我的皮剥下来,披在身上,这样,你就可以上天去找织女了。"老牛说完就倒在地上死了。牛郎含着眼泪,剥下了老牛的皮,披到身上,用一根扁担,挑起两个箩筐,装上一对儿女飞上天去找织女。

牛郎到了天上,眼看就要到天宫了,这时织女的妈妈——王母娘娘拔下她头上的金簪,用力一划,立即在牛郎的面前出现了一条又宽又深、波浪滚滚的银河,挡住了牛郎的去路。

望着面前的银河,牛郎又气又恨,两个孩子又哭又喊,织女在银河对岸,看着牛郎和两个孩子,除了掉泪,又有什么办法呢?

后来,天帝和王母娘娘心软了,他们允许牛郎和织女每年七月七日的晚上相见一次。每到七月七日这天,许许多多喜鹊来到银河,在河上搭起一座鹊桥,牛郎挑着一男一女,在这喜鹊搭的鹊桥上与织女相会。所以直到现在,人们还把夫妻团聚,叫作"鹊桥相会"呢。

滴水藏海

剥夺别人幸福的人,不管以何种名义,都是邪恶与可耻的。

嫦娥奔月

据说很久很久以前，天上挂着十个太阳，不管白天黑夜，晒得土地直冒烟，老百姓没法活下去了。这时，有一个叫后羿的猎人，一口气射下九个太阳。这下，天上只剩下一个太阳，人们才过上了安定的日子。

从那以后，后羿就出了名，大家都尊敬他。不久，他娶了个美丽的妻子，名叫嫦娥。嫦娥是个好心的女子，常常把丈夫射来的鸟兽送给乡亲们。乡亲们也非常喜欢她。

一天，有位老道士送给后羿一包灵丹妙药。说吃了这种药能长生不老，成仙升天。后羿舍不得心爱的妻子，也舍不得乡亲们，不愿意一个人上天去，就把药交给了嫦娥，叫她好好保管。

后羿有个徒弟，名叫逢蒙，这人很坏，一心想成仙，他就想吃后羿的灵丹妙药。

这年八月十五，后羿又出去射猎。逢蒙偷偷闯进嫦娥的房里，硬逼着嫦娥交出不死药。嫦娥被逼得没有办法，趁其不备把不死药一口吞进了肚子里。药一下肚，只见她飘飘悠悠，像一只燕子，飞出窗口，慢慢飞上了天空，一直飞到月亮上去了。

后羿打猎回来，知道了这件事，他冲出大门一看，只见十五的月亮比往年更亮更圆，就像心爱的妻子在看着自己。他心里很难过，就在院子里放上桌子,摆上嫦娥最爱吃的水果,希望妻子能下来吃。乡亲们听说以后,也都在各家院子里,摆上供桌,放上水果,感谢她平时的好心。以后年年都这样,一代代传到今天。

因为八月十五常常是秋季的最中间的一天,所以人们把这一天定为中秋节。

滴水藏海

很多抱恨终生的事,其实是在无可奈何的境况下因一念之差而发生的。相对于前者,后者更让人唏嘘不已。

8

触动一生的神话故事

盘古开天辟地

在很古很古的时候，没有天，也没有地，整个宇宙就像一个大鸡蛋。在这个大鸡蛋里有个巨人叫盘古，盘古在这个大鸡蛋里睡了一万八千年。

有一天，盘古突然醒了，他见周围漆黑一片，就抡起大板斧，朝前面的黑暗猛劈过去。只听见山崩地裂的一声巨响，大鸡蛋一下子破裂开来，鸡蛋中轻而清的东西慢慢地上升，并逐渐散开来，变成蓝蓝的天空；重而浊的东西渐渐地下沉变成了大地。盘古担心天和地会重新合在一起，就头顶青天、脚踏大地。

盘古的身体每天都要长高一丈，天也就升高一丈。就这样，又过了一万八千年，盘古的身体长到九万里那么长，天也长得越来越高，天和地再也不会合到一起了。盘古已经太累了，后来，倒在地上死了。

盘古死的时候，他的身体发生了巨大的变化：他嘴里呼出的气变成了温暖的春风和天空中的云雾；他的声音化作了隆隆的雷声；他的左眼变成了太阳；他的右眼变成了月亮；他的头发变成了天上无数的星星；他的手足四肢变成了东、南、西、北四极；他的身体变成了大地上高耸云端的山峰；他浑身的血液变成了肥沃的土地；他的牙齿、骨头变成了石头和金属；他的汗毛变成了布满大地的草木；他的汗水变成了

触动一生的神话故事

滋润万物的雨露……人们永远忘不了开天劈地的巨人盘古。

滴水藏海

不甘于现状，敢于做出一番开天辟地的大事业的人，都是勇士。

女娲造人

自从盘古开天辟地以后，天上有了太阳、月亮、星星；地上有了山川草木、鸟兽虫鱼，天和地都变得美丽起来。

天上有个女神，名叫女娲。女娲来到大地上游玩，她见大地山清水秀，可就是没有人类，显得有些荒凉。女娲决定创造出人类，让大地充满生机。她来到一条小河边，从河边抓起一团黄泥，拌上水，然后用手揉成了一个个泥娃娃。女娲刚把泥娃娃放到地上，泥娃娃就活了起来，围着女娲亲热地喊着"妈妈"。女娲看着这群活泼可爱的娃娃，高兴地笑了。

过了几天，女娲又犯愁了，她想：现在大地上虽然有了人，可等他们死了以后，大地上又没有人了。怎样才能使人类一代一代地延续下去呢？女娲想啊想啊，终于想出了一个好办法：女娲把那些小娃娃分成男的和女的，又特意使男女相亲相爱，这样就能生儿育女，人类就能一代一代地传下去了。

所以古代的人们又把女娲称为"神媒"，说她是婚姻之神。

触动一生的神话故事

滴水藏海

女娲氏是五氏之四，中国古代神话人物。他和伏羲同是中华民族的人文初祖。中华大地经过三皇的辛勤努力，但人们的生活依然艰难。这时，伟大的各种神祇人物，应运而生。

不管是源于女娲，还是因为天性，爱都是人类不断向前发展的内在动力。

女娲补天

女娲创造了人类以后，许多年来一直平安无事，人们过着幸福快乐的生活。

突然，有一年水神共工和火神祝融打了起来，结果共工被打得大败。他怒气冲冲地朝不周山撞去，只听"轰隆"一声，半边天空塌了下来，天上出现了一个大窟窿，天河里的水哗哗地流到大地上，大地上顿时变成了汪洋大海。许多人被淹没，活着的人也无处藏身，人类再也不能像以往那样安宁地生活了。女娲看了，心里十分难过。为了拯救人类，女娲决心把天补起来，好让她的子孙们继续生活下去。

女娲从山上采来许许多多五色的石头，又砍来许许多多的芦柴，堆在五彩石的旁边，然后点着芦柴。熊熊的烈火烧了九天九夜，五彩石变了滚烫的岩浆。她拿起大勺子一勺子一勺子把石浆朝天上的窟窿浇去，天上的窟窿终于被补好了，五彩的石浆变成了五彩的云霞，天空变得比以前更美丽了。可是，用什么做柱子，把塌下来的天撑起来呢？女娲正在发愁时，多亏大海里一只巨鳌的帮助。巨鳌献出了自己的四条腿。女娲把巨鳌的四条腿安在大地四方，把天撑了起来。

一切都恢复了平静，人类又过上了幸福的生活。女娲看见她的孩子们生活得很好，心里十分欢喜，她就悄悄地离开大地，升到天堂去了。

滴水藏海

　　祸害人民的人和造福人民的人都将被后世记住，不过，前者是遗臭万年，而后者是流芳百世。

触动一生的神话故事

母亲的骨头

据说,自从大地上有了人类,大家互相信赖、亲密无间,过着幸福的生活。可后来,人们变得凶恶而又贪婪,相互争斗,天父宙斯很生气,他决定把地球上的人类全部消灭光,重新创造新的人类。他就命令风神和海神掀起风浪,把大地上的所有生灵全淹死了。

有一对夫妻,男的叫丢卡利翁,女的叫皮拉,他们是人类恩神普鲁米修斯的后代,只有他们活了下来。他们看到大地上的生灵都已不存在了,两人伤心地痛哭起来,可是,哭又有什么用呢?皮拉擦干眼泪对丢卡利翁说:"我们到神庙去问问天神,有没有办法重新造出人类?"

他们来到智慧女神雅典娜的神庙前,祈求雅典娜的指点。一会儿,一个声音从殿堂深处传来:"蒙起你们的头,解开你们身上的衣服,然后把你们母亲的骨头向背后甩去。"

他们不明白这句话的意思。当他们低着头走下山时,突然,他们看到了路边一块块的石头,他们一下子明白了。雅典娜所说的母亲,是指像母亲一样哺育我们的大地,母亲的骨头,就是大地的骨骼——石头。

他们照雅典娜所说的那样,蒙住自己的头,解开自己身上的衣服,然后拾起路边的石头,朝身后甩去。奇怪的事情发生了,他们甩到身后的石头,慢慢地长大长高,最后变成了人。

丢卡利翁甩到身后的石头变成了男人;而皮拉甩到身后的石头,变成了女人。从此,地球上又有了人。

滴水藏海

大地像宽容的母亲一样,无私地哺育着人类。但如果我们过于贪婪地向她索取,她也会教训我们的。

触动一生的神话故事

亚当和夏娃

据说，上帝创造了天和地。上帝见地上没有人，也没有树木、蔬菜，只有一些飞禽走兽。他就顺手抓起一把尘土，捏成了一个人，吹口气，成了个活生生的人，上帝给他取名叫亚当。

上帝又在伊甸的东边开辟了一个园子，长出各种各样的果树，上面结满了美味的果实。在这些果树中，有两种树特别珍贵，一棵是善恶树，吃了善恶树上的果实，就能分辨出善恶。还有一棵是生命树，吃了这棵树上的果实，人就可以长生不老。

上帝把亚当带到伊甸园，让他看管伊甸园，上帝对亚当说："你可以随意吃园中各种各样的果实，只有那棵分别善恶的果实，你千万不能吃。"他见亚当一个人生活在伊甸园里很孤单，又造了个叫夏娃的女人给他做妻子，就回到天上去了。

亚当和夏娃忠心耿耿地看守着伊甸园。饿了，就吃各种果实，但善恶树上的果实他们碰都不碰一下。

在所有的飞禽走兽中，蛇是最聪明的。蛇见亚当和夏娃不吃善恶树上的果实，就说："你们若是吃了善恶树上的果实，就会变得跟上帝一样聪明！"

亚当和夏娃听了蛇的话，鼓起勇气，吃了善恶果。

17

触动一生的神话故事

触动一生的神话故事

亚当和夏娃吃了善恶果后,眼睛变得明亮起来,人变得聪明起来。

不料,这事被上帝知道了,他先把蛇叫来,砍去了蛇的四肢,罚蛇只能用肚子爬行。又让蛇一生只能以尘土为粮,让蛇和人类世世代代为仇敌。

最后,上帝又把亚当和夏娃赶出伊甸园。上帝对亚当说:"你们不听我的话,偷吃了禁果,一定要受到惩罚,你们要终日艰辛劳苦,才能维持生活。因为你们本是尘土,所以,你们辛劳一辈子后,仍然要归于尘土。"

亚当和夏娃离开了伊甸园后,来到了茫茫的大地。他们开荒种地,男耕女织,虽然很辛苦,但却生活得很幸福。不久,夏娃又生了许多孩子。如今地球上的人类,据说都是亚当和夏娃的后代。

滴水藏海

生活中,我们经常被数不尽的诱惑所纠缠,这就需要练就一双慧眼去判断、选择。

诺亚造方舟

亚当和夏娃被上帝赶出伊甸园后,他们的子孙在大地上不断生息繁衍,到后来,大地上的人越来越多。人们开始互相残杀。

上帝后悔在大地上造了人。

亚当的孙子诺亚是个非常善良的人。诺亚的三个儿子闪、含和雅弗也很正直。上帝决定让诺亚一家活下来,把地球上的其他人全部消灭掉。

一天,上帝把诺亚叫到面前,叫诺亚赶紧回家造一只大方舟。然后叫他带着妻子儿女一起搬到方舟里,还要他把各种动物一公一母也赶到方舟里。

诺亚刚忙停当,天上下起了滂沱大雨,整个大地变成了一片汪洋,把地球上最高的山峰都淹没了。地球上的人、走兽、飞鸟全被淹死了,只有诺亚的方舟载着他的家小和动物,漂浮在无边无际的水面上。

上帝惦记着诺亚和方舟里的动物,就命令停止下雨。由于地球上到处是汪洋大海,水势退得很慢,雨停了几十天,还看不到一块陆地。

过了40多天,诺亚放出一只鸽子,直到傍晚时分,鸽子飞回来了,它的嘴里噙着一条橄榄枝,这意味着大地的某个地方已经露出水面了。七天以后,诺亚又把鸽子放了出去。这回鸽子没有再回来,这说明洪水已经全部退掉了。

诺亚带着一家人走出方舟,他又把方舟里的动物全都放了出来。

诺亚又带领子女们开荒种地,饲养牲口,他们还学会了栽种果树,学会了酿酒。诺亚三个儿子的后代形成了人类的三大支系,生活在世界各地。

触动一生的神话故事

滴水藏海

我们可以设想,如果有一天人类终被毁灭,那可能并不是上帝做的,而是贪婪和邪恶。

20

偷火的天神

人们离不开火。但很久很久以前,地球上没有火,那么地球上的火是从哪里来的呢?据说是由一个名叫普鲁米修斯的天神从天上偷来的。

普鲁米修斯原来住在天上,他不愿意在天上过神仙的生活,一天,他和弟弟一起来到人间。

普鲁米修斯看到大地上没有火,人们只好吃生的东西,到了冬天,天寒地冻,人们没有火取暖,许多老人和小孩都被冻死了。他看到这些情景,心里难过极了,决心不顾天父宙斯的禁令,把天上的神火偷到人间来,给人类带来幸福和光明。

一天,普鲁米修斯拿了一束茴香秆飞上天堂。他趁太阳神阿波罗驾着太阳车从东方驶向西方时,把茴香秆伸进太阳车里,一会儿,茴香秆被点着了,普鲁米修斯高兴极了,他高举着燃烧着的茴香秆,从天堂奔向人间,这样,地球上就有了火。

自从有了火,人类用火锻造武器,抵御野兽的侵袭;用火制造农具,播种收获;用火来烧煮食物;冬天用火来取暖。火,真是无价之宝啊!普鲁米修斯给人类带来了光明和幸福,人们非常感激他,就称他为"人类的恩神和救星"。

21

滴水藏海

在希腊神话中,人类是普罗米修斯创造的。他也充当了人类的教师,凡是对人有用的,能够使人类满意和幸福的,他都教给人类。同样的,人们也用爱和忠诚来感谢他,报答他。

为人类文明的进步做出巨大贡献的人,比如爱迪生、牛顿等,人们将永远记住他们。

天神受难

　　天神普鲁米修斯把火偷到人间,这事被天父宙斯知道了,他非常生气。他决定狠狠地惩罚普鲁米修斯。他命令威力神和暴力神来到大地上,抓住了普鲁米修斯,绑上铁链,押到荒凉偏僻的高加索山里,用铁钉把普鲁米修斯钉在悬崖峭壁上,让他经受烈日的暴晒、寒风的猛吹,还叫一只凶恶的老鹰每天白天啄食普鲁修斯的肝脏,到了晚上,又让普鲁米修斯的肝脏重新长出来,好让普鲁米修斯永远地受折磨。

　　面对宙斯的残酷迫害,普鲁米修斯没有屈服,他深信自己没错,他总有一天会获救的。

　　几万年过去了,有一天,大力英雄赫拉克勒斯来到高加索时,看见恶鹰正在啄食普鲁米修斯的肝脏,立即拉弓引箭,把恶鹰射死了。赫拉克勒斯砸碎了捆在普鲁米修斯身上的铁镣手铐,把普鲁米修斯从山崖上解救出来。

　　普鲁米修斯虽然被解救出来,可宙斯还要在他的手指上保留一只铁环,并镶上一块高加索山崖的石片。后来,人们就模仿他的样子,在手指上也戴上一只指环,并镶上一块鲜艳夺目的宝石。

　　不是吗?据说,今天好多人戴钻石戒指,就是纪念恩神普鲁米修斯。

滴水藏海

　　普鲁米修斯不畏强暴、坚持真理、无私奉献的英勇精神，值得我们每个人学习。

触动一生的神话故事

橄榄树和战马

　　智慧女神雅典娜受到人们的热爱和尊重,海神波赛东不服气,要和雅典娜比个高低。天上的神仙们纷纷赶来调解。可是,骄傲的波赛东根本不听劝告,一定要和雅典娜比一比。

　　最后,还是天父宙斯做了决定:波赛东和雅典娜谁能给人类一件有用的东西,谁就是胜利者。

　　比赛的那天,宙斯和天神们都来观看。

　　海神波赛东首先出场。他走到山坡上,用他那明闪闪的三股叉猛击地面,这时,山坡裂开了,从里面跑出来一匹骏马。

　　波赛东指着战马骄傲地说:"请看我的礼物! 有什么比这匹马更有用呢?"

　　雅典娜出场了,她慢慢地走到山坡上,在地上种下了一粒小小的种子。过了一会儿,山坡上长出一片小小的绿叶来,又过了一会,那绿叶长成了一棵橄榄树,树上结满橄榄果。

　　雅典娜走到宙斯面前,说:"我送给人类的礼物比波赛东的要好几千倍。波赛东把战马送给人类,这将会给人类带去战争和痛苦,而我的橄榄树将给人类带去和平和幸福。"

　　宙斯想了一会,宣布说:"人类需要和平和幸福,不需要战争。雅典娜是胜利者。"

宙斯把雅典城判给了雅典娜,并决定用她的名字命名这座城。读者朋友们不信,现在就可查查世界地图,在希腊,你准能找到雅典这座城市。

滴水藏海

战争只能带给人类痛苦,但我们不需要痛苦;和平能带给人们幸福,我们要珍惜幸福。

取金羊毛的英雄

在离希腊很远的黑海边，有个国家叫科尔喀斯。这个国家有一件稀世珍宝——金羊毛。国王埃阿特斯为了保护金羊毛，特意养了凶猛的神牛和武士日夜看守着，谁也别想得到它。

希腊有位青年英雄叫伊阿宋，他决心前去取金羊毛。他带着几个小伙子，乘上一艘大船，经过几个月的艰苦航行，终于来到了科尔喀斯国。

第二天，伊阿宋带着伙伴们拜见国王，他很有礼貌地向国王提出了索取金羊毛的要求。国王说："金羊毛是无价之宝，只有世界上最勇敢的人才配拥有它。你们必须派一名勇士，明天到郊外山坡上，经受我的考验！"

伊阿宋大声说："好吧，我愿接受你的任何考验！"

第二天，伊阿宋早早地来到郊外的山坡上，过了一会，国王也来了。他命令士兵放出两头长着铜蹄的神牛，神牛的鼻孔里喷出一串串的火烟。伊阿宋大喝一声，勇敢地朝神牛冲过去，他把犁灵巧地驾到神牛脖子上，然后飞快地犁了起来。神牛被驯服了。

正在这时，从地里冒出许多身穿铠甲、手持长矛的武士。这些武士气势汹汹地一齐朝伊阿宋冲过去。伊阿宋见了，悄悄地蹲下来，用盾牌挡住自己的身体,不让武士们发现。然后,拾起石头,甩到那些正在寻找他的武士们中间。那些武士一见石头,以为是敌人来了,立即相互厮杀起来,不多一会儿,武士们个个全都自相残杀而死。伊阿宋胜利了!

国王没有办法,只好给了伊阿宋一大批金羊毛,让他带回希腊去。

滴水藏海

不经历风雨,怎能见彩虹。世界上没有无缘无故的成功,它是由勇往直前的拼搏和进取凝结而成的。

触动一生的神话故事

木马计

据说，希腊人曾集合起十万大军，乘着战舰，去攻打一个叫特洛伊的王国。十万大军围在特洛伊城下，整整攻了九年，还是没能攻下特洛伊城。

白天，希腊军的首领们在一起开会，商量破城的办法。最后，大家一致同意一个叫奥德修斯将军的建议：变强攻为智取。奥德修斯指挥士兵造了一只巨大的木马，并到处宣传说这是献给女神的祭品。他们又悄悄地把许多士兵藏在木马肚里，同时希腊军又假装撤退回国，他们把战舰驶离海岸，藏在邻近海岛的后面。

特洛伊人以为希腊人真的撤退回国了，他们打开城门，高兴地来到几年来被希腊人占领的海滩上。当他们看到那只巨大的木马时，都感到十分惊奇。有的人认为应当把木马作为战利品拉到城里；有的人感到害怕，以为还是不动它为好。但是大多数人认为，应该把这木马当战利品拉进城里，让全城人看看希腊人失败的下场。

就这样，特洛伊人想方设法把木马拉进了城。全城人唱歌跳舞，饮酒狂欢，整个特洛伊城沉浸在欢乐的气氛中。到了深夜，当全城的人都熟睡以后，有一个躲在城里的奸细悄悄地跑到木马前，打开了木马的机关，放出木马肚里的士兵。这些希腊士兵立即放火烧城，同时

触动一生的神话故事

打开了城门。这时,埋伏在特洛伊城外的希腊军队像潮水一样冲进了特洛伊城。

就这样,整整打了十年的特洛伊战争,最后以希腊人的胜利而结束。直到现在,人们还常常提到特洛伊木马计呢。

滴水藏海

我们经常会被某些表面现象所迷惑,而忘了去探求其本质,它的根源一般是狂妄自大和浅薄轻信。

海龙王和他的妻子

从前,在大海边住着位渔夫。渔夫的三女儿嫁给了海龙王做妻子,住在海底水晶宫里。

几年后,三女儿的父亲死了,三女儿要求回家去为父亲送葬,海龙王同意了。临别时,海龙王对他的妻子说:"回家后,你千万不要哭,因为眼泪将会使我们永远分离。"

三女儿回到娘家,当她看到父亲的尸体埋到坟墓去时,她强忍住了眼中泪水。父亲的葬礼一结束,三女儿想立即回到海底去,但是,亲戚们拦住她,生气地说:"你真是个没良心的人。父亲死了连哭也没哭一声。"三女儿听到这话,眼泪禁不住夺眶而出。

几天后,三女儿来到海边,可她怎么也回不到水晶宫了,也见不到海龙王了。这时,她听到海龙王在说:"你马上到森林里去,在那里,你会获得幸福。三年后,到了大雨倾盆而下的那一天,就是我去世的一天。这天你一定要到海边来,把我的尸体抬回去,埋在你的床底下。"

三女儿听了海龙王的话,来到森林里,过了一会儿,有位王子到森林里来打猎,他看到了三女儿,把她带回王宫,和她结了婚。

王子和三女儿生活得很幸福。可是,老国王却怀疑她是妖怪,派人暗中监视她。

触动一生的神话故事

不久，海龙王去世了。这天，果然是大雨倾盆、雷声隆隆。夜里，三女儿来到了大海边。她把海龙王的尸体背回家，埋在床底下。

三女儿做的这一切，全被国王派来监视她的人发现了。国王对王子说："你的女人是个妖怪，昨天晚上，她把一具死尸埋在床底下。现在我决定把她处死。"

王子对那些监视三女儿的人说："如果我的卧室里挖不出死尸，我就把你们统统杀死。"

王子说完，带着那些证人一起来到了他的卧室。他们没挖到死尸，却从床底下挖出了许多金子。那些监视三女儿的人一齐跪在王子面前，请求饶命。王子命令士兵把证人统统抓起来，准备处死。这时，三女儿来了。她向王子讲述了事情的经过，并请求王子放了这些人。

国王、王子和所有的人听了，十分钦佩三女儿。王子放了所有的证人，国王宣布把王位让给王子。王子和三女儿当了国王和王后，他们把国家治理得很好，受到人们的称赞。

滴水藏海

有时候，误解和怀疑可以剥夺你一时的幸福，却无法阻止你最终获得幸福，只要你足够善良和执着。

公主斗魔鬼

从前，波斯有位公主，这公主从小就跟人学法术，到了十五六岁时，她已精通魔法了。

一天，公主带着两个宫女到树林里采蘑菇。忽然，刮来一阵狂风，刮得公主睁不开眼睛。等她睁开眼睛一看，两个宫女不见了，树根下站着两只小白兔。这时，半空中响起一阵哈哈的笑声："这两个宫女，给我做佣人吧！"

公主明白了，原来是一个魔鬼施展魔法，把两个宫女变成了兔子。

公主抓了一把草，在小兔子头上拂了拂，又念了几声咒语，不一会，两只兔子又变成了两个宫女。这时，魔鬼指着公主吼道："谁敢把这两只兔子变成人的？我要让他尝尝我的厉害。"

公主指着魔鬼骂道："你这个魔鬼，我要为这些可怜的人报仇，把你变成一堆灰烬。"

魔鬼气得摇身一变，变成一头猛狮，向公主扑去。公主见了，不慌不忙地从头上拔下一根头发，变成一把利剑，把狮子砍成两段。

狮子头一落地，立刻又变成一只大蝎子。公主见了，马上变成一条大蛇，紧紧地咬住了蝎子。魔鬼见势不妙，立刻变成一只灰鸽子飞到天上，公主忙摇身一变，变成了一只苍鹰向灰鸽子追去。

触动一生的神话故事

　　魔鬼见公主变成苍鹰向自己追来,连忙回到地上恢复了原形,公主也回到地上恢复了原形。魔鬼垂死挣扎,大吼一声,从嘴里喷出一团烈火,向公主烧去。公主从嘴里喷出一股泉水,浇灭了烈火。这时,只听得魔鬼一声惨叫,倒在地上变成了一堆灰烬。

　　公主见魔鬼已成了一堆灰烬,便和两个宫女挖了一个坑,用土埋了,他们站在上面,用脚使劲踩了踩,说:"让魔鬼永远埋在地下吧!"

滴水藏海

　　自古以来,邪不压正。乌云过后,阳光依旧灿烂辉煌。

触动一生的神话故事

勇敢的王子

古时候,有个国家叫波斯。波斯有个王子叫胡斯鲁沙。胡斯鲁沙有个妹妹叫艾丽莎。一天,兄妹俩在皇宫里散步,忽然一阵狂风刮来,顿时天昏地暗,一个披头散发的魔鬼从天上跳下来,将艾丽莎抓住,转眼间就不见了。

失去了公主,国王和王后多么伤心啊!他们派人四处寻找,但找了一年多,也没找到。

胡斯鲁沙想念妹妹,他单枪匹马去寻找魔鬼,要救出妹妹。一天,他来到一座荒山,碰到一位砍柴的老人。老人听说他要去和魔鬼较量,便劝他说:"孩子,快回去吧,你斗不过魔鬼的!"

胡斯鲁沙说:"为了救出我妹妹,为了杀死魔鬼,我什么也不怕!死了也心甘!"

老人听了,点点头,说:"好吧,我给你一把斧头,也许能帮你打败魔鬼,救出你妹妹。"

为了感谢老人,胡斯鲁沙就住在老人家,帮老人上山砍柴。

一天,胡斯鲁沙来到一座山头砍柴。他举起斧头朝一个树根砍去,突然,斧头砍在一块木板的铁环上。他扒开土,用力拉动铁环,木板被掀起来,露出了通往地下的台阶。

"这是什么地方?"胡斯鲁沙一边想,一边沿着台阶往下走。最后,他来到一座富丽堂皇的宫殿前。胡斯鲁沙推开宫殿门,走进豪华的大厅,大厅里,坐着一位姑娘。他再看,原来这就是他的妹妹艾丽莎呀。他正要上前抱住妹妹,魔鬼从另一个房间里走了出来。胡斯鲁沙刚想举起斧头砍过去,不料,斧头自己飞过去,将魔鬼砍死了。胡斯鲁沙忙拉起妹妹,奔出了地下宫殿,钻出洞口,来到老人家。他要去谢谢老人,谢谢他的斧头砍死了魔鬼,可当他来到老人住的小屋时,却不见了老人,只见门板上写着一行字:"孩子,是你的勇敢战胜了魔鬼!"

滴水藏海

在邪恶面前,英勇无畏是战胜它的首要前提。

触动一生的神话故事

神 灯

从前,有个裁缝的孩子,名叫阿拉丁,父亲死后,他和母亲相依为命。一天,阿拉丁正在街上玩,有个魔法师盯上了他。这个魔法师从一本魔法书里得知:中国有一座宝库,里面有盏万能的神灯,谁要是能得到这盏神灯,只要用手擦一下神灯,马上就会出现一个神仙,能满足你的任何要求。可是这座宝库,只有阿拉丁才能进得去。

魔法师说是带阿拉丁到外面做生意,却把他带到一座高山前,念了声咒语,高山裂开了,露出宝库的大门。魔法师逼阿拉丁到宝库里去取神灯,否则就要把他丢在深山里。阿拉丁害怕极了,可有什么办法呢,他只好一步一步地走进宝库。阿拉丁走到宝库最里面,取下神灯,拔腿就往宝库大门口跑去。

来到大门口,阿拉丁叫魔法师把他拉出洞口,可魔法师迫不及待地要阿拉丁把神灯给他,阿拉丁不肯,魔法师又气又急,念了声咒语,大门立即关上了。阿拉丁被关在黑洞洞的宝库里。

阿拉丁被关在宝库里已经整整两天了,第三天,他觉得自己快要死啦,就从怀里拿出神灯擦了一下。突然,有个巨人出现在阿拉丁的面前。巨人对阿拉丁说:"你有什么吩咐,主人!""我要回家!"阿拉丁刚说完,巨人已把阿拉丁送到家门口。

阿拉丁明白了,这不是一盏普通的油灯,这是盏神灯啊!阿拉丁高兴极了,拿着神灯回到了家。

母亲见阿拉丁回来了,又惊又喜,阿拉丁把这几天的经历全告诉了母亲,然后拿出神灯,擦了一下,巨人又出现了。阿拉丁叫巨人去准备一桌丰盛的饭菜,巨人答应一声,立即为阿拉丁弄来了一桌丰盛的酒宴,阿拉丁和母亲饱饱地吃了一顿。

自从有了神灯以后,阿拉丁和母亲过上了幸福的生活,阿拉丁还常常接济穷人,人们都很喜欢他。

滴水藏海

许多东西,当你挖空心思、不择手段想得到时,它也许离你很远。而当你以一颗平和之心坦诚相对时,也许它已经来到你的身旁。

哈希卜和蛇女王

从前,埃及有个少年叫哈希卜。一天,哈希卜被两个坏人推到一口枯井里,爬不出来。后来,他发现井底有个小洞,从洞里射出亮光。他连忙用手扒开泥土,露出一个洞口。哈希卜走进洞里,看见前面有个美丽的大花园,大花园里有好多张椅子,正中一张椅子上坐着一条奇异的蛇。这条蛇长着一张美女的脸孔,拥有的却是蛇的身体。怪蛇对哈希卜说:"我是蛇女王,你就留在我们这里吧!"

哈希卜在蛇国里住了下来。蛇女王热情地招待他。

几个月过去了。哈希卜想念母亲,恳求蛇女王送他回去,可蛇女王说:"我送你出去,可你千万不能说出我住在这儿啊,一旦你说出去,我可就没命了!"

哈希卜向蛇女王发誓:决不出卖蛇女王。最后,蛇女王送给哈希卜许多金银财宝,又命令一条大蛇把哈希卜送出地面。

哈希卜回家后,信守自己的誓言,从不提起蛇女王的事。

不料,有一天,宰相派士兵将哈希卜抓了去。原来,宰相精通魔法,他从哈希卜的脸上看出哈希卜跟蛇女王在一起住过。

宰相告诉哈希卜:国王得了重病,只有用蛇女王煎汤喝,国王的病才能治好。宰相要哈希卜说出蛇女王的住处,并答应给他半个国家作

触动一生的神话故事

为奖赏。

哈希卜坚决不肯说出蛇女王的住处。

宰相命令士兵狠狠地打哈希卜。最后,哈希卜只答应把宰相带到那口井边。他以为即使到了井边,他们也不能下井抓住蛇女王的。

可是,哈希卜错了,狡猾的宰相精通魔法,他在井边点起一束香,然后念起咒语,把蛇女王引了出来,装进一个罐子,带回王宫。

在路上,蛇女王悄悄告诉哈希卜:把第一次的汤给宰相喝,第二次的汤你自己喝,这样你就会变得十分聪明和具有渊博的知识,将煮好的蛇肉给国王吃,就能治好国王的病。

哈希卜牢牢地记住了蛇女王的话,他趁宰相不备,把第一次的汤和第二次的汤对调了。宰相喝了第一次的汤,倒在地上死了。哈希卜把第二次的汤一口气喝下去,顿时觉得自己身强力壮、头脑清醒,成了个知识渊博的人。

哈希卜又把蛇肉端给国王吃,几天后,国王的病就好了。国王宣布哈希卜做宰相。哈希卜用他的知识和才能,把国家治理得井井有条,人民十分爱戴他,可他永远没有忘记那位蛇女王。

40

滴水藏海

如果说知恩图报是一种优秀品质,那以德报怨则是一种更高的境界。

第九尊人像

很久以前,有个老国王。老国王在临死前,把儿子侯赛因叫到床前,说:"我收集了八尊宝石人像,但还有一尊最为珍贵的,需要你去寻找。如果你到山里去,找到白胡子神王,他也许会指点你,怎样找到第九尊人像。"

侯赛因历尽千辛万苦,终于在大山里找到了白胡子神王。神王同意把第九尊人像给侯赛因,但要侯赛因找到一位外表和内心都尽善尽美的姑娘才行。

神王还拿出一面镜子交给侯赛因,说:"你用这面镜子去照姑娘,如果镜子里照出的人影毫不走样,就说明这位姑娘是尽善尽美的。"侯赛因接过镜子,说:"我保证找来给你!"他话刚说完,神王就不见了。

侯赛因开始寻找美丽的姑娘。可是他寻遍了整个城市,也没有找到一个能够经得起神镜考验的姑娘。

后来,侯赛因到了巴格达。一天,他看到一位姑娘,她举止大方、高雅,有着月亮一般美丽的笑脸。侯赛因用神镜去照那位姑娘,一点儿也不走样。

侯赛因高兴极了,疯狂地爱上了这位姑娘。他打听到这位姑娘的住处,立即以国王的名义去向姑娘的父亲求婚。姑娘的父亲愉快地答

触动一生的神话故事

应了。

侯赛因太爱这位姑娘了,他宁可不要那最珍贵的第九尊人像。可想到自己在神王面前所作的保证,只好含着眼泪,带着姑娘来到神王面前。

神王把姑娘上下打量了一番,对侯赛因说:"孩子,我要给你的第九尊人像,就是这个美丽、善良、聪明的姑娘。她会帮助你治理国家,使你的国家变得无比强大的!"

神王说完就消失了。

后来,正如神王所说,这个姑娘当了王后,帮助侯赛因治理国家,使国家一天天强盛起来。

滴水藏海

外表美丽的人很多,但外表和内心都美丽的人就少了,这样的人像宝石一样珍贵。

珀尔修斯斗海怪

有个青年英雄，名叫珀尔修斯。他正直勇敢，受到女神雅典娜和天神赫尔墨斯的支持。女神借给他一个银光闪闪的盾牌，赫尔墨斯送给他一副可以飞翔的翅膀。这天，珀尔修斯飞到非洲的一个国家。这个国家的国王叫科福斯，他有一位非常美丽的公主。一只奇大无比、凶猛异常的海怪要吃这位公主。国王不答应，海怪就天天来骚扰这个国家，弄得这个国家一刻也不得安宁，国王没有办法，只好答应把自己的公主送给海怪吃。

这天，国王含着眼泪，把公主捆在海边的一块悬崖上，等待着海怪前来吞食。正在这时，珀尔修斯来了。当他知道了事情的经过后，十分同情这位公主的遭遇，他向国王表示：一定要杀死海怪，救出公主。国王非常高兴。他答应珀尔修斯，只要他能救出公主，不但愿意把公主嫁给他，还愿意把整个国家作为陪嫁。

没过多久，海怪冒出海面，慢慢地游近海岸。珀尔修斯见了，立即双脚一踏，腾空而起，他像一只雄鹰飞到海怪的上面，还没等海怪弄清是怎么回事，珀尔修斯已将利剑深深地插进了海怪的脊背。海怪忍住痛，昂起头，向珀尔修斯猛扑，珀尔修斯急忙腾空飞起，看准机会，挥动利剑朝海怪猛砍。经过一番激烈搏斗，珀尔修斯终于杀死了海怪。

43

触动一生的神话故事

人们涌向海边，为珀尔修斯的胜利齐声欢呼。国王更是欣喜若狂，他紧紧地抱住了珀尔修斯，并且立即以最隆重的礼仪把他迎进王宫，将公主嫁给他，并将王位也让给了他。后来，他和公主幸福地生活着。

滴水藏海

　　英雄也是人，但不是常人，而是具有非凡勇气和超人智慧的人。

触动一生的神话故事

渔夫的故事

很久以前,有个可恶的魔鬼,被天上的神塞进一个铜瓶子里。瓶口用锡封得牢牢的,盖上了神的大印,然后扔进了大海。

魔鬼沉在海底,再也出不来了。他心里说:谁能救我出去,我一定给他无数财宝。整整 400 年过去了,没有人来救他。这时,魔鬼发誓说:"现在要是谁再救我,我就杀死他!"

魔鬼待在海底,一年又一年,还是没人去救他。一天,有个渔夫,驾着船,到海上打鱼。他接连撒了三网,可一条鱼也没打到。当他撒下第三网时,他拉上来一看,仍然没有一条鱼,但网底却有一只铜瓶子。

渔夫拿起瓶子一看,只见瓶口用锡封着,上面还盖着印章。渔夫以为瓶子里有什么宝贝,便使劲撬开瓶口的锡块,突然"哧"的一声,从瓶口冒出一股青烟,飘飘荡荡,升到空中。这青烟又渐渐缩小,最后,变成一个粗壮结实的魔鬼。

魔鬼站在船头,对着渔夫,恶狠狠地说:"我发过誓,要杀死你!"

渔夫问:"我救了你,你为什么要杀我?"

魔鬼就把自己的经历说了一遍,还要渔夫别反抗,乖乖儿地让他掐死。渔夫听了,哈哈地笑着说:"你讲的我怎么也不能相信! 瞧你这么高大,这小铜瓶怎么装得下你呢?"

魔鬼生气地说:"你不信?我变给你看!"说着,他又化成一股青烟,钻进瓶子里。这时,渔夫赶紧用锡将瓶口封住,不让魔鬼再逃出来。

瓶子里的魔鬼急了,大声讨饶说:"你放了我,我一定给你无数财宝!"

渔夫说:"魔鬼,你永远待在里面吧,我要告诉所有的人,决不相信你的鬼话!"说完,渔夫将铜瓶扔进大海里。

滴水藏海

人的智慧是世界上最有力的武器,连强大的魔鬼在它面前也是渺小的。

勇士和魔鬼

从前,有个国家,这个国家有许多高山。在一座山上,出现了个魔鬼。这魔鬼常常到山下一座村子干坏事,人们受尽了苦难。村里有个英雄,名叫契利,他身强力壮,从来没有遇到过敌手。为了给乡亲们除掉这个大害,他决定和魔鬼决一死战。临走时,全村的人都向他敬酒,为他送行。

契利找到魔鬼,不由分说,乒乒乓乓打起来。他们从山顶一直打到平地,没能分出胜负。契利想到人们受的苦难,顿时增加了无穷的勇气,最后终于将魔鬼打败。

契利举起刀,对准魔鬼的脑袋砍去。这时,魔鬼跪下讨饶了。他说只要饶他性命,愿意每天送一袋金币给契利。契利答应了,就放了魔鬼。从此以后,魔鬼每天给契利送来一袋金币。这下,契利的金币多得数也数不清了。

许多天过去了,魔鬼养好了伤,就念句咒语,把送给契利的金币全收了回去。契利见魔鬼收回了金币,发誓要跟魔鬼拼个死活。他找到魔鬼,又乒乒乓乓打起来。他们从平原一直打到山脚,还是不分胜负。

契利一想到那么多金币,就举起刀向魔鬼猛地砍去,可是刀被魔鬼一脚踢飞了,最后反而被魔鬼活捉了。魔鬼举起刀正要杀死他,这时,村民们赶来了。魔鬼放下契利,与村民们对打。契利也跳起来,同村民们一起杀死了魔鬼。

契利望着被杀死的魔鬼,却怎么也想不通:上次我战胜了魔鬼,这次为什么会输呢?几位老人对他说:"上次你是为全村人打他,这次你图的是金钱啊!"契利听了,沉痛地说:"我要永远记住这个教训!"

滴水藏海

与高尚的信念相比,由金钱所带来的力量是微薄的。

桃木鹦鹉

从前,印度有个青年木匠,名叫拉姆。一天,拉姆用桃木雕了许多鹦鹉,染成五颜六色,放在外边晾晒。

夜里,有位魔术师经过这里,他见这些鹦鹉像真的一样,就念起咒语,把所有的桃木鹦鹉都变活了。

第二天一早,拉姆见鹦鹉全活了,十分惊奇。这群鹦鹉见了他,全都飞到他的身旁,拉姆高兴极了。

一天夜里,拉姆梦见遥远的地方有座美丽的宫殿,宫殿的四周有七道壕沟和七堵大墙,在这座宫殿里,住着一位美丽的姑娘。

第二天早晨起来,拉姆把梦中的情景告诉了所有的鹦鹉。鹦鹉们对拉姆说:"那位姑娘是位公主,她发过誓,只有能够跳过七道沟和七堵墙的勇士,她才肯嫁给他。很多人都去试过,可是没有一个成功的。"

拉姆听了,决定去试试。他用线织成了一张又细又牢的网。几天后,十几只鹦鹉用嘴叼住了网,网里兜着拉姆,飞上了天空。

鹦鹉不断地飞啊飞啊,飞过了一片片森林、一块块田野、一座座城市,终于飞到了那座宫殿旁。

鹦鹉们落在树上休息,拉姆迫不及待地来到宫殿旁观看。他看到那七条壕沟一条比一条宽,那七堵墙一堵比一堵高,人是不能跳过这七条沟、七堵墙的。

拉姆对鹦鹉们说:"你们再用网把我抬起来,然后向宫殿上面飞过去。"

鹦鹉们同意了,他们叼着网腾空飞起。鹦鹉们飞过了七道壕沟,飞过了六堵高墙,刚飞到第七堵墙时,拉姆纵身跳了下去,落在一棵大树上。茂密的树枝托住了他,使他一点儿也没受伤。公主从宫殿里走出来,她见拉姆这么聪明、勇敢,就嫁给了他。

滴水藏海

拉姆靠着自己的聪明才智和非凡勇气,找到一条正确途径到达了目的地,这是很令人佩服的。

触动一生的神话故事

金银棒

从前,朝鲜有个穷老头,他的左腮上长着一个大肉瘤,既难看,又痛苦。

白天,老头进山打柴、采药,夜里,住在一座小木屋里。一天睡到半夜,老头被一阵响声吵醒了,他睁眼一看,只见房子外面有一群鬼,这些鬼的手里都拿着一根棒子,有的是金的,有的是银的。

老头担心这些鬼用棒子把自己打死。他憋足气,大声地唱起歌来,想用歌声把鬼吓住。

这些鬼怪听见歌声,不但没有被吓住,反而跑到小屋边,听老头儿唱歌。天快亮时,有个最大的鬼恭恭敬敬地向老头儿鞠了个躬,问道:"请问你这样动听的声音是从哪儿来的?"

老头儿说:"我的声音藏在我左腮的肉瘤里。"

最大的鬼听了,又请求说:"老人家,把你的肉瘤卖给我们吧!"

老头儿说:"你把手里的棒子送给我作为交换吧!"鬼怪们听了,十分高兴,它们把棒子放在老头儿身边,又从他的左腮上取下肉瘤,然后就消失不见了。

天亮了,老头儿拿着鬼怪们留下的金银棒子来到汉城(现在的首尔),换了不少吃的用的,买了辆马车运回村里,还把事情的经过讲给大家听。

村上有个老财主,他的右腮上也有一个大肉瘤。他听了也想发财。傍晚,他一个人来到树林里,溜进小屋,躺在席子上假装睡觉。

半夜时,那群鬼怪又来到小屋前,它们用金银棒敲着小屋的门和窗。

老财主赶紧大声唱起来。

鬼怪们听到了老财主的歌声,围了上来。

最大的鬼问他:"你这样的声音从哪儿来的?"

老财主等的就是这句话,他马上回答说:"我的声音藏在我的肉瘤里。"

最大的那个鬼怪生气地说:"你的肉瘤里根本没有什么声音,拿去吧,还给你!"说着,把肉瘤贴在老财主的左腮上。

天亮后,老财主一拐一拐地回到家里,不久就死了。

滴水藏海

贪婪是人性之一种,有时候,它带来的灾难胜过毒药。

丽达公主

　　从前,印度有位公主,名叫丽达。丽达爱上了一位名叫萨谛梵的青年。国王也同意了这门亲事,可是有个懂法术的大臣对国王说:"陛下,萨谛梵的确是好青年,可是,他只能再活一年,一年以后的今天,阎王就要来接他回地狱去的。"

　　听了这话,国王犹豫了。可是丽达的态度十分坚决,她对父亲说:"哪怕萨谛梵只能活一天,我也要嫁给他。"

　　最后,国王只好同意给他们举行婚礼。

　　丽达和萨谛梵结婚后,生活得十分幸福。但是,丽达从来没有忘记那位大臣可怕的预言。日子一天天地过去,丽达愁得吃不下饭,睡不着觉,人也一天天瘦下去。

　　萨谛梵见丽达这么瘦弱,就搀她到森林里散步。萨谛梵根本不知道自己的死期就在今天,他采了好多鲜花放在丽达面前。突然,他感到头痛得厉害,一下子倒在地上。丽达知道那可怕的时刻已经到来,她哭着喊着,紧紧地抱住了萨谛梵。

　　这时,森林里变得黑暗起来,阎王出现了,他抛出一根绳子,从萨谛梵的身体里拉出灵魂,就转身向地狱走去。

　　丽达见丈夫死了,真是悲痛极了,她含着眼泪,跟着阎王向地狱走去。

阎王见丽达跟着自己走，就好心地劝她说："回去为你的丈夫举行葬礼吧，不要跟着我！"

丽达不听阎王的劝告，还是默默地跟着阎王，一直来到地狱的门口。

阎王被丽达的真情所感动，他解开绳子，把萨谛梵的灵魂放了出来，交给丽达，说："我决定释放你的丈夫，他立刻就可以恢复生命！"

丽达听了，忙向阎王道谢，然后飞快地奔到丈夫身边，把灵魂放进去。这时，萨谛梵睁开了眼睛，丽达扶着他，高高兴兴回家了。

滴水藏海

真情是世间最珍贵的东西，它的力量有时是难以估量的。

触动一生的神话故事

山中仙女

　　印度有个王子，名叫阿密罗。一天，阿密罗到山里打猎时，钻进了一个山洞。他发现，山洞里有座宫殿，里面住着个美丽可爱的少女。

　　这位少女是山中仙女。

　　阿密罗很喜欢山中仙女，当天晚上，阿密罗就和山中仙女结了婚。他们生活得很幸福。半年后，阿密罗想回家看看父母，山中仙女同意了。临时走，她再三叮嘱阿密罗："不要对任何人谈起我，要不然会有灾难的。"

　　阿密罗答应了，他骑着马回到了王宫。老国王见阿密罗回来了，非常高兴，搂住阿密罗问长问短。阿密罗忘了山中仙女的叮嘱，把事情的经过全部告诉了自己的父亲。

　　老国王听了，不由暗暗焦急，他觉得儿子一定是遇到了妖婆，他就找巫婆商量。巫婆说："如果那女的真是仙女，她一定能取到起死回生的生命水，你可以叫阿密罗去取生命水，这样，就能分辨出那女的是仙女还是妖婆了。"

　　第二天，国王对阿密罗说："我年龄大了，你的妻子是位仙女，让她去取些长生不老的生命水给我吧！"

　　阿密罗回到山中仙女那里，把父亲的请求告诉了山中仙女。

触动一生的神话故事

　　山中仙女听了,非常难过地对阿密罗说:"我可以取到生命水,可是,我们永远不能再见面了。"说完,骑上马去寻找生命水了。

　　三天后,山中仙女把生命水交给阿密罗,叫他赶快离开这里回宫去。阿密罗接过生命水,刚走到半山腰,忽然听到"轰"的一声巨响,他回头一看,只见从半空中落下了一个巨人。

　　这位巨人是山中仙女的哥哥。原来山中仙女是天上星国里的一位公主,自从她来到人间,他的父亲一直在寻找她。山中仙女去取生命水时被她的父亲发现了,就派巨人来接她回星国。

　　阿密罗眼看着巨人拉着山中仙女,慢慢地升到了天空,最后,消失得无影无踪。

　　阿密罗站在那里一动也不动,后来变成了一块望天石,他手中的生命水成了一股甘甜的泉水,源源不断地流到今天。

滴水藏海

　　信守承诺是一种可贵品质。不守承诺的人会得到应有的惩罚。

房子的故事

古老的时候，人还住在岩洞里，跟飞禽走兽做朋友。

有一天，人和鸟兽一起出去寻找食物。天色突然变了，四下里袭来了狂风暴雨，还夹着拳头大的冰雹。野外的人畜被砸伤不少。只有一个小伙子、一条龙和一只老虎挤在一块岩石底下，得以活命。

山洞里灌满了水，没法住了，他们再也找不到可以安身的地方了。小伙子就和龙、老虎商量，决定自己造一个能避风躲雨的住处。

他们齐心合力，造了一所很结实的草屋，大家高高兴兴地住在里边。

过了不久，龙和老虎都想独占这所房子，可又不好意思把另外两个赶出去。他们想了个办法，说谁能够不用武力站在屋外，就把另外两个从屋里赶到外面去，这个屋子就归谁。

老虎第一个跑出去。他使尽力气，大吼一声，远山近谷发出震耳的回响。人和龙挤在屋角里，谁也不敢走出去。

老虎见他们不出来，就回到屋子里。

龙第二个跑出去。他布起乌云，再加上电闪、雷劈，把大地都晃动了。人和老虎吓得躲在屋里，谁也不敢再到外边去。龙见他们没有出来，也就回到屋子里了。

最后轮到小伙子。他跑出屋子，找了两块石头，使劲地砸出一串火花，用茅草点了个火把，将草屋点着了。龙和老虎连忙逃出来。老虎逃进了山林，龙躲到了海底。小伙子忙把火扑灭，重新盖起了那所草屋。从此以后，人一直住在房子里。

滴水藏海

在人的智慧面前，任何困难都是微不足道的。

蚊子和蝙蝠的传说

据说很久很久以前，蚊子比现在的老鹰还大，抓住人就吸血。那时候，人怕蚊子比怕老虎还厉害，但又想不出办法对付它。

后来，有个叫鲁旭的小伙子，他自告奋勇说能对付蚊子。于是，他上山采石头，采了石头砌石墙，把墙顶砌到高得能挨着星星。第三年，山顶出现了一座大石屋，又高又大又牢固。鲁旭跑下山来，让村里每家都预备好一捆稻草，再弄些锣鼓，晚上听他指挥。

晚上，鲁旭发出点火的信号，四处烧火熏烟，敲锣打鼓。蚊子被熏得逃呀飞呀，都飞进山上的大石屋里去了。山上早有人等着，见蚊子全飞进去了，就急忙关上石门，准备关它十年八年，饿得蚊子断子绝孙。为了防止蚊子逃出来，就请鲁旭看守石屋，大家供他吃穿。

鲁旭搬上山，住在了石屋旁。头几年，他日巡夜查，一刻也不放松。后来，他看看石屋密不透风，就放松下来了。再后来，他索性不巡查了，每天吃饱饭就睡觉，对石屋看也不看一眼了。

其实，石屋里的蚊子一代传一代，越传越多。石屋又挤又暗，蚊子的身体就变得只有米粒那么小；在石屋里吸不到人血，饿得想大声叫也叫不出声音来了。

一年又一年，石墙也渐渐地快塌了；可鲁旭呢，什么也没发现，只顾吃饭睡觉。

有一天,忽然"呼隆"一声,石屋彻底崩塌了,数不尽的蚊子飞出来了,没法捉住。

从此,每到晚上,蚊子就飞出来叮人。大家都责怪鲁旭不尽心,说他连老鼠也不如。

鲁旭又羞又悔,缩在屋角不敢出来见人。后来,鲁旭真的变成了一只有翅膀的老鼠。它白天怕见人,就在屋角睡觉,晚上飞出来抓蚊子。

这东西不是鸟,又不是兽,人们都叫它蝙蝠。而有些地方,现在还有人叫它原来的名字——鲁旭。

滴水藏海

在骄傲自大和懒惰懈怠面前,智慧和勇气都显得无能为力。

触动一生的神话故事

宝石姑娘

从前有一位穷苦的老妇人，她有个女儿，叫宝石姑娘。宝石姑娘有个姨妈住在城里。姨妈见她娘儿俩生活苦，就让她住到自己家学手艺。

宝石姑娘到了城里，过上了好日子，渐渐变了，只想吃好的、穿好的，把妈妈也忘了。

冬天快到了，姨妈做了一篮子饼，叫她送回去给母亲吃。宝石姑娘换上新衣服、新鞋子，挎起竹篮回乡下去。她踏上了通往自己村子的那条小路。天刚下过雨，小路上全是泥水。宝石姑娘舍不得弄脏脚上的新鞋，她就从篮里拿出一张饼，放在路上，脚踏上去，新鞋子就不会沾上泥水了。她放一张饼，走一步，一张张饼像荷叶一样，托住了宝石姑娘的脚。她只顾自己的鞋子，一点儿也没想到，妈妈在家挨饿哪。她就这样一步一步地向前走着。泥路快到头了，篮子里的饼也空了。她把最后一张饼垫到地上，踮起脚踩了上去。突然，泥地裂开了，宝石姑娘陷入泥浆里。把她身上的漂亮衣服和脚上的新鞋全弄脏了。宝石姑娘拼命挣扎着，这时，有人把她从泥潭中拉了出来。她抬头一看，原来是一位老婆婆。老婆婆对她说："姑娘，我有一桶神水，能洗干净任何东西，你把地上的饼拾起来洗一洗吧。"宝石姑娘说："不，先让我把衣服洗干净!"

老婆婆说:"好吧,就让你这不孝敬母亲的女儿洗一洗吧!"说罢,她拎起水桶,往宝石姑娘身上浇去。奇怪,宝石姑娘的衣服鞋子顿时洗得干干净净,可是人却变成了一座石像。

后来,人们把石像搬到城门口,用它来教育大家:不要做不孝顺父母的人。

滴水藏海

孝敬父母是中华民族的优良传统,试想,一个连对父母都不好的人,他还能对谁好呢?

还童泉

日本有座大山，据说山里有个还童泉，不管是谁，喝了这泉里的水，就能返老还童。可这泉在哪儿？没人知道。

一天，有个老头儿上山砍柴，天气太热，他渴得实在受不了啦，就到处找水喝。不久他找到了一眼清泉。泉水从岩石缝里流出来，老头儿用双手捧着，大口大口地喝了好几口。泉水味道甘甜，喝下后浑身觉得充满了力量，真是舒服极了。他又喝了几口，不料，老头儿弯了的腰挺直了，脸上的皱纹也平展了。他变成了一个棒小伙子。老头儿非常高兴，背着柴就回家。回到家他大声喊："老婆子呵，我回来啦！"老婆子迎出来一看，吓了一跳："啊，老头子，你怎么变得这样年轻了？"老头儿把喝了还童水的事儿说了。

老婆子羡慕得不得了："你自己年轻了，把我扔下可不行啊，我也要返老还童，你也让我去喝点儿泉水吧。"

第二天，老头儿看家，老婆子照老头子说的地方，一个人上山喝还童水去了。可是，一直等到晚上，也不见老婆子回来。老头儿担心老婆子迷了路，就请了几个村里人，一块儿上山去找老婆子。他们来到泉眼处一看，哪儿有老婆子呢，只有一个刚生下的小女孩在地上哇哇地哭呢。

　　原来呀,是老婆子太贪心,她喝了泉水,变成大嫂不满足,又变成小媳妇,她仍不满意,又变成了小姑娘,她还不甘心,后来还童水喝得太多了,就变成了一个刚生下的女娃娃。

滴水藏海

　　人心不足蛇吞象,太贪心的人是要受到上天惩罚的。

神 鸟

从前有对双胞胎，一个叫大双，一个叫小双。这一年，他们的父亲得了重病，只有把天台山的神鸟捉来，为他唱支歌，他的病才会好。

大双觉得这事容易。他来到天台山，碰到位白胡子老爷爷，大声问："喂，老头儿，神鸟在哪儿？"

老爷爷说："神鸟在山上。它半夜飞来，落在一棵松树上，先唱歌，再梳毛，要是有一根羽毛落在你身上，你就会变成一块大石头……"

大双嫌老人说话啰嗦，没听完就上山了。

再说小双等了一个多月，不见大双回来，他就带上干粮，来到天台山，也碰见了那位老爷爷。他鞠了一躬，问："请问神鸟在哪儿？"

老爷爷说："一个月前我不是告诉过你了吗？"

小双一听，知道老爷爷将他当成大双了，便说："一个月前来的是我哥哥呀！"

老人听了，焦急地说："不好，说不定他已变成大石头啦！"他把对大双说过的话重复了一遍，又说："捉住神鸟，你哥哥就有救了。你找到大树，千万不能睡觉。我给你根银针，你一打瞌睡，就用针刺一下，这样就不会睡着了。"

小双听了老爷爷的话，爬上山顶，找到那棵松树，大树下有块石头。啊,这就是哥哥变的呀。小双坐在石头上,不一会就累得打瞌睡了。他用针刺了一下大腿,疼得再也不打瞌睡了。正在这时,神鸟飞来了,它唱了一会儿歌,就用嘴梳理羽毛。一根羽毛飘下来,小双身子一闪,躲开了。小双趁神鸟闭上眼睡觉的当儿,悄悄爬上树,一把将神鸟捉住了。

小双请神鸟唱支歌,大石头一滚,变成了哥哥大双。后来,弟兄俩捧着神鸟回家,请神鸟唱支歌,爸爸的病很快好了。

滴水藏海

谦逊礼貌,既是人的素质的体现,也是一种看不见的力量。有时候,它甚至能决定我们的成败。

九色鹿

有个国家有条大河,河边住着一头鹿,它的毛有九种颜色,它的角像雪一样白,人们叫它九色鹿。

九色鹿每天到河边吃草喝水。一天,九色鹿看到一个人掉下水,眼看快淹死了,他不顾危险,跳进河里,让那个人骑在他的背上,双手抓住他的角,把那个人救上岸来。这人脸长得像瘦猴儿,咱们就叫他瘦猴脸吧。

瘦猴脸对九色鹿连连磕头,表示感谢。九色鹿说:"不用谢,只要你不告诉人家我住在这儿,这就行了。"

瘦猴脸说:"一定,一定,我发誓,对谁也不说!"说完就回去了。

这个国家的王后,从古书上看到,说世界上有只九色鹿,她就要国王给她捉一只来。国王下令:谁能找到九色鹿,就让他当大官,还给他数不尽的金钱财宝。

可是,谁也没见过九色鹿,谁也不知道九色鹿在哪儿。只有被九色鹿救了的那个瘦猴脸知道。瘦猴脸听说国王要找九色鹿,心想:这下可以当官发财了。他就去向国王报告,让国王带了兵马,跟着他到河边去捉九色鹿。

这天,九色鹿正伏在河边草地上打瞌睡,被国王的兵马团团围住了。

国王的士兵拉满了弓，要射九色鹿。九色鹿说："你们别射我，我自己去见国王。我还有话对他说哩！"

九色鹿跑到国王跟前问："是谁告诉您我在这儿的？"

国王指着瘦猴脸说："是他告诉我的！"

九色鹿流着眼泪说："原来是他！国王啊，我不顾危险，从河里把他救上来，他答应我不告诉人家我住在这儿的，可今天他……"

国王听了九色鹿说的话，转身问瘦猴脸："九色鹿救了你，你为什么反而要害他？"

瘦猴脸一时不知说什么才好。这时，国王命令士兵们让开一条路，把九色鹿放走了。还宣布，从今以后，不许任何人伤害九色鹿。

瘦猴脸呢，什么官也没当成，什么财宝也没得到，国王叫士兵把他绑起来，扔到河里淹死了。

滴水藏海

滴水之恩当涌泉相报，忘恩负义是小人所为。

河伯和海神

黄河是我国的一条大河。

古时候的一年夏季,连续下了好多天大雨,无数支流的大水滚滚涌进黄河,黄河水位猛涨。黄河里波涛翻滚,奔腾咆哮,河面上飘浮着迷雾。

掌管黄河的神名字叫河伯,他看到这种壮阔的景象,非常得意,认为天下的壮丽景色都掌握在自己手里了。

河伯得意洋洋地顺流东下,一边欣赏着周围的景色,一边自我陶醉起来,不知不觉地来到了黄河入海处。

河伯看到大海,立即惊呆了。只见巨浪翻腾,汹涌澎湃,天连着水,水连着天,怎么也望不到边。大海是这样雄伟壮观,比起黄河来,不知胜过多少倍。

这时候,巨大的海神来到了河伯面前。河伯感到惭愧,仰起头来看着海神,无限感叹地说:"我不该自以为了不起啊!"

海神开导河伯说:"你离开狭隘的黄河,看到了大海,知道自己错了,这就是很大的进步。海确实很大,无数河流的水流进大海,大海始终满不起来;海水不断地灌进河流,大海始终浅不下去。不论是什么季节,不管天旱天涝,大海都不会受到影响,始终是那么深。但是我从来没有自高自大,我清楚地知道,大海不过是广大宇宙间小小的一部分啊!"

河伯听了海神的话,连连点头。

滴水藏海

越是伟大的人越是谦虚谨慎,越是井底之蛙越是自高自大。

种 梨

从前有个开水果店的李老板。这人心眼儿坏,又小气。

这天,他指着货架上一大堆蜜梨喊着:"快来买梨呀,又脆又嫩的大蜜梨呀!"

他叫了半天,也没人来买。这时,一位骨瘦如柴的穷老头儿走来,有气无力地说:"老板,给我一只梨解解渴吧。我只要吃只梨,就能活命,要不,我……"

李老板恶狠狠地说:"滚远点,我这梨是卖钱的。你渴死、饿死、病死跟我有什么相干?"

老头儿哀求道:"给只最小的梨也行呀!"

李老板说:"最小的也得3文钱!还不快滚!"

李老板这样大声嚷着,引来好多过路人。有位好心人掏出5文钱,对李老板说:"你挑只大梨,给这位老人吃吃。"

李老板接过钱,挑只小梨,丢给老头。老头儿一边吃梨,一边说:"等会我请大伙儿吃梨!"

站在周围的人听了,都以为老头儿说笑话。没料想,老头儿手一挥,说:"跟我来!"说着,他把大伙引到街头一块空地上。他挖了个坑,将吃剩的梨核埋进坑里,用嘴吹了几口气,转眼间,梨核长出了苗儿,又长成了小树,小树长成了梨树,梨树上又结出了一只只梨。老头儿摘下梨,分给周围的人,说:"吃吧!乡亲们,吃吧,一文钱也不要!"

大伙接过梨吃起来。李老板也跑来看热闹。等大家把梨吃完,老头儿将梨树一拔,扔在地上,变成了一根大棍子。转眼间,老头儿不见了。这时人们才知道,老头儿是位神仙啊。

李老板见老头儿不见了,才想起回家卖梨。可他回家一看,货架上的梨一只也不剩啦,还少了根木棍呢。他这才知道,原来神仙变的梨,都是他家货架上的啊。

滴水藏海

同情心是人类善性的体现,缺乏同情心的人,是人格不健全的人。

点金术

从前，有个国家的国王最喜欢金子。他的金币堆成山，还命令士兵到老百姓家抢金币。谁交不出金币，就把他们抓到广场用鞭子抽。

这时，有位魔术师骑着毛驴走了过来，他对国王说："我是魔术师，会点金术，只要你放了他们，你要多少金币，我就给你变多少金币！"

国王不信，说："你变个金币我看看！"

魔术师跳下毛驴，嘴里嘀咕了几句，两手一搓，"当"的一声，一块金币落到地上。国王拾起一看，"哈，这金币是真的，一点儿也不假！"

国王把魔术师请到王宫里，要跟他学点金术。魔术师说："要想学到点金术，就得在上帝面前，把自己所做过的坏事全说出来，要不就学不成点金术！"

国王为了学到点金术，就跪在地上，把他为了抢夺金币，怎样杀害老百姓，怎样逼死大臣，怎样暗杀自己的兄弟姐妹的事全说了出来。魔术师听了，点点头说："你很快会学到点金术的！"说罢，走出宫门，骑上毛驴走了。

国王扶着柱子，站了起来。呀，经他手一摸，柱子闪闪发光，变成了金子。这下，国王高兴极了，他学会点金术啦，正在这时，他的女儿走了过来。他走上去，抱住女儿，不料，女儿马上变成了金的。他用手去拉皇后,哎呀,皇后也变成了金的。这下,宫里的士兵们、宫女们,看到国王就像见到魔鬼似的,吓得都逃走啦。王宫里,就剩下国王一个人。他肚子饿极了,随手拿起一块面包,刚想咬,"咯嘣"一声,面包变成金的了。后来,这位世界上金子最多的国王被活活饿死了。

滴水藏海

在这个世界上,金钱是必不可少的,但它不是万能的。对它过度贪婪的人,必将受到它的惩罚。

飞来峰

杭州有座灵隐寺,寺里有个和尚名叫济公,又叫疯和尚。

这天早晨,济公拿起破蒲扇,拖了双鞋子往外走。他抬头一望,远处天空飘着一块乌云,向灵隐寺徐徐飞来。再一看,啊,这不是乌云,是一座小山峰。推算起来,这座山峰到午时三刻,将在灵隐寺前面的村子上落下来。这下济公可急啦,奔到前面村子里。头一个碰到老头儿,他就说:"今天午时三刻,有座山要飞到这村庄上来,叫大家赶快搬家吧,迟了就来不及啦!"

老头儿听了直摇头:"疯和尚,谁见过会飞的山呀!"

第二个碰到的是个老太婆。济公说:"今天午时三刻,有座山要飞来,落到村上,你赶快叫大家搬家,迟了就来不及啦!"

老太婆听了直摇头。

第三个碰到的是个小伙子,济公又告诉他,叫他快搬家。小伙子听了,哼哼鼻子说:"你别跟我开玩笑啦!"

济公这家进那家出,从村东跑到村西,说得口干舌燥,没有一个人相信他的话,眼看午时三刻快到了,急得他头上直冒汗。

忽然,他看到有户人家在娶亲办喜事。他推开众人,把新娘子往肩上一背,转身冲出大门,向村外飞跑。这下,全村男女老少都冲出村子,边追边喊:"抓住疯和尚!""别让他跑了!"

济公和尚背着新娘子,跑了两里路才停下来,人们也一口气追了两里路。大家追到他面前,正要上去抓他,就在这时,天昏地暗,大风刮得呼呼地叫,只听"轰隆"一声巨响,人们一个个被震得跌倒在地。等大家站稳身形,定睛一看,他们住的村子不见了,眼前出现的是一座小山峰。人们这才明白过来,原来疯和尚抢新娘子,是为了救大家的性命啊!

后来,人们就把那飞来的山峰叫飞来峰。

滴水藏海

惯性思维和墨守成规是一种愚昧,有时候,甚至是一种悲哀。

两个请求

从前，在印度尼西亚的一个小岛上，有个人叫卡巴延。一天，卡巴延为了能发财致富，和妻子一块儿到庙里进香。正当他俩烧香时，一位仙人出现在他俩面前，说道："卡巴延，我可以满足你们两个请求，但是只能提两个，多一个也不行。"

卡巴延当即和妻子商量。他想要很多钱，而妻子想得到许多谷子。夫妻俩的意见老是统一不起来。为这事儿，各不相让，后来大吵起来。卡巴延怒气冲冲地对仙人说："仙人，你就把我的妻子变得像猴子一样丑陋吧！"

他的话音刚落，他的妻子立即变成了一只猴子。

看到妻子真的变成了猴子，卡巴延后悔莫及，赶忙请求仙人把他的妻子变回原来的模样。神仙又满足了他的请求。但是因为卡巴延已提出了两个请求，所以，他再也不能向仙人要求什么了。结果，夫妻俩什么也没得到，只好下山回家了。

滴水藏海

有时候，人如果太贪婪，结果往往连原本应该得到的也会失去。

珍珠蚕

从前,有一对穷苦的夫妻,他们生活很贫苦,可又不想好好劳动,只想发财。他们听说白云山上有个山神,他们俩就上山去找山神帮忙。

他们来到白云山,在山顶一座小庙里遇见了山神。夫妻俩连忙跪下请求:"山神爷爷,可怜可怜我们,给我们一个宝贝,让我们快快活活地过上好日子吧!"

山神说:"你们是很可怜,不过,我的宝贝已经都送完了,只剩下一条珍珠蚕。假如你们能每天给它采一担桑,它就会给你们吐两颗珍珠。"说完,就把一条珍珠蚕给了他们。

夫妻俩接过蚕,高高兴兴回到家里。从此,他们每天给蚕采一担桑叶,蚕每天给他们吐两颗晶莹明亮的珍珠。没几个月,他们就积了很多珍珠,又将这些珍珠拿到城里卖了换成钱。不到一年时间,这对夫妻就成了最富的珠宝商了。

渐渐地,他们对每天采一担桑叶开始厌烦了,又嫌珍珠蚕每天只吐两颗珍珠太少了。这天,夫妻俩商量了一番,用剪刀把珍珠蚕的肚子剪开了。珍珠就像流水似的从蚕肚子里喷出来,骨碌碌地在地上乱滚,可把夫妻俩乐坏了。

　　珠子落满了地板,他们拍着手跳上椅子。一会儿珠子堆得像椅子一般高,他们又跳上了桌子。可是,珍珠很快又把桌子淹没了。他们再也没有地方好跑了,站在桌上连声喊:"蚕儿,够了! 够了!"可是珍珠还是一个劲儿往上涌,没多久,这对又懒惰又贪心的夫妻俩就被珍珠埋没了。

滴水藏海

　　懒惰和贪婪,是人性中两个最阴暗的角落,它们让幸福的阳光因鄙视而远离。

79

触动一生的神话故事

懂兽语的牧羊人

从前有个牧羊人,在森林里放绵羊。有一天,森林里失火,他听见大火里有一条蛇在大声喊叫:"救命啊,好心人,我的父亲是蛇王,你救了我,他会用厚礼答谢你的。"

牧羊人一听,砍下一根树枝,把那条蛇从火海中拖了出来。那蛇把他带到蛇王那儿,说了事情的经过,蛇王说:"穷苦人,你救了我儿子的命,我要报答你,你想要什么东西?"

牧羊人说:"我什么都不要,只求能够懂得禽言兽语。"

蛇王同意了,但他向牧人提出一个条件,说:"这件事可不能对任何人讲,不然你立刻就会死。"后来,牧羊人学会了鸟兽的话,便回到地上来了。

牧羊人在回家的路上,看见一棵有窟窿的大树,树上有两只喜鹊,一只喜鹊对另一只说:"咳,要是有哪一个人知道这树窟窿里藏着这么多的钱,那他该走运了。"

牧羊人一听,记在心里。天黑的时候,他赶着车,把所有的钱从树窟窿里掏出来,拉回家去了。他发了一笔大财。

后来,他娶了妻子。妻子整天和他吵吵闹闹,问他:"你从哪儿弄来这么多钱?"

"你别问,"牧羊人说,"是上帝给我的。"

他妻子不答应,举着菜刀,硬逼他说出来。牧羊人对天发誓说:"我要给你讲了,那我就完蛋啦。"

"那不行,"妻子吼叫着,"你死了也得说。"

牧羊人只好叫人们给他抬来一口棺材,他躺在棺材里,最后他嘱咐妻子扔给家里的猫一块面包。但那猫并没去吃面包,它深深地惋惜可怜的主人,它蹲坐在那里,显得很悲伤。

正在这时,一只傲慢的公鸡闯进房子里,不慌不忙地啄起那块面包来。老猫生气了,它责备公鸡:"你这无情无义的畜牲,我们善良的主人眼看就要见上帝去了,你还有闲心思吃东西?!"

公鸡回答说:"你这个傻瓜!你和主人一样是个傻瓜!连一个妻子他都对付不了!瞧,我有那么多妻子,但她们都得听我的,我说了算。"

牧羊人一听公鸡这句话,马上从棺材里跳了出来,打了妻子一巴掌,不许她刨根问底。从此,他的妻子就再也不敢多问了。

滴水藏海

　　面对困难,有人一开始就被吓倒了,当然,他只有郁郁而终;而有人却选择了抗争,当然,他成了生活中的强者。

过"年"的故事

春节,也叫过年。你知道过年的来历吗?据说,古时候,山里头有一只怪兽,叫作"年",样子很可怕,龙不像龙,虎不像虎,每到夜里,它就跑下山来吃人。山下的人被它越吃越少。村上的人们想:难道就等着让"年"把全村的人都吃光吗?可是,他们想来想去,也没想出个好办法。

村上有位老人,他忽然想起:"年"能吃这么多人,这是因为大家都怕它。遇到"年"来了,不敢抵抗;看到"年"吃人,也不敢上去救护,所以"年"才越来越猖獗。如果全村人都联合起来,准备好武器,并且用锣鼓、鞭炮声助威,一定可以把"年"打败。于是,老人把这个想法告诉了大家。大家听了都很赞成。他们说,与其让"年"白白吃掉,还不如团结起来跟"年"斗。

村里人立即做好一切准备,等到"年"一到村上来,大家就一起动手。

这一夜,气候寒冷,天空一片漆黑,"年"又张牙舞爪地出来了。当它正要冲进一户人家时,突然里面的鞭炮、锣鼓响了起来,"年"吓了一大跳,说时迟,那时快,前后左右、四面八方的鞭炮、锣鼓都响起来了,人们举着火把、木棍、刀枪,向"年"冲了过去,将"年"打死了。

后来，每逢最寒冷的没有月亮的一天，人们就兴高采烈地放鞭炮、敲锣鼓，庆祝这个日子，并且把这个日子叫作"年"，也就是过年。

滴水藏海

因畏惧和自私而纵容邪恶是最大的犯罪，也终将自食恶果。

触动一生的神话故事

猎人海力布

　　从前,有一个猎人名叫海力布。一天他到深山打猎,看见一只老鹰抓住一条小白蛇从天上飞过。他一箭射伤老鹰,救下了小白蛇。

　　小白蛇说:"救命恩人,我是龙王的女儿,您跟我去,我爸爸一定会重重地谢您。你就要我爸爸含在嘴里的那颗宝石。不管谁,只要含着那颗宝石,就能听懂各种动物说的话。"海力布想,能听懂动物的话,对猎人来说,那太有用了。

　　海力布点点头,跟着小白蛇到了龙宫。老龙王十分感激海力布,果然把嘴里含的宝石送给了他。不过,再三关照他,他听到鸟儿的话,只许自己知道,如果对别人说了,他就会变成石头。

　　海力布嘴里含了这颗宝石,能听懂飞鸟走兽说什么,知道动物在哪儿。他打猎方便多了。当然,这些话,他对谁也不说。

　　有一天,他忽然听见一群鸟儿在商量,要赶快逃走,说晚上这里要山崩地陷,有大灾难。

　　海力布听了,急忙跑回去对大家说:"咱们赶快搬到别处去吧!这个地方不能住了!"大家听了,都觉得奇怪,在这儿住得好好的,为什么要搬家呢?海力布焦急地催促大家快搬走,可是谁也不相信。海力布急得掉下眼泪说:"相信我的话吧,赶快搬走,再晚就来不及了!"但大家仍然不相信他。

海力布知道,着急也没有用,要救乡亲,只有牺牲自己。想到这里,他就原原本本把事情经过说了。他刚说完,就变成了一块石头。

大家看见海力布变成了石头,都非常非常悲痛。他们相信了海力布的话,全都离开了村子。夜里,只听一声巨响,山崩地陷,村子被埋没在地下不见了。乡亲们得救了,而海力布却成了石头。

滴水藏海

这个世界最悲哀的,不是英雄丧于敌人的刀枪,而是先驱者死于自己人的愚昧。

山神报恩

　　古时候,苏格兰有许多山神。有一个山神住在一条山谷里,他相貌丑陋,总是悄悄地由这棵树上跑到那棵树上,不让人们看见他,但他从来不伤害任何人。

　　人们都知道,那些山神个个性情温和、善良,可不知为什么,人们都害怕他们。晚上谁也不敢通过那个山谷,就是怕碰见山神。

　　但是并非所有的人都那样害怕山神。山下牧场主的妻子就喜欢山神。她常给山神送晚餐,端着一碗牛奶放在门外让山神喝。山神呢,半夜里来悄悄喝了,帮牧场主干些活儿,天亮了又回到山谷里去。

　　有一天晚上,牧场女主人突然得了重病。她的丈夫和仆人们急坏了。但他们对治病一窍不通,都说要请个有经验的老医婆来,可老医婆住在河的对岸,离牧场很远。天黑得伸手不见五指,通过山谷时,万一碰上山神怎么办?

　　可是牧场里的人谁也没料到,他们所害怕的山神,现在就在厨房门外呢——他是一个很小的全身是毛的怪物。山神知道牧场的女主人得了病,他心里非常难过,因为女主人平时待他特别好。他见那些仆人由于害怕山神而不敢去请医婆,心里很生气。他将牧场主的黑斗篷披在自己的身上,把他那难看的身体裹得严严的,然后牵出一匹马,骑上去,像脱弓的箭一样,向夜幕中飞奔而去。

山神很快来到了老医婆家,敲开门,将老医婆扶上马背,自己也飞身上马,飞快地向牧场奔去。

他们俩快到山谷了,老医婆担心地说:"千万别碰到山神啊,碰见他,不吉利啊!"

山神一听,哈哈大笑:"老人家,你别害怕,山神再怪,也不会有我怪的,你难道害怕我吗?"

老医婆说:"你是个好人,我不会怕你的。"

说着,他们通过了山谷,进了牧场主的庭院。山神用他长而有力的双手搀扶着老医婆下马。一不小心,山神身上的斗篷滑脱了下来,老医婆一看,原来和她同骑一匹马的是个怪物。不过,老医婆并不害怕。她问:"你是谁?"

山神说:"我是谁,这无关紧要,请你给病人去治病吧!"说完,他将斗篷和马放回原处,就悄悄地回山谷去了。

滴水藏海

经验告诉我们,人的外表与内心有时是脱离的,外美内丑者有之,外丑内美者也有之。所以,以貌取人是愚蠢的。

愚公移山

　　我国北方有两座大山，一座叫太行山，一座叫王屋山。传说很久以前，这两座山的北面住着一位老人，大家叫他愚公。他家的屋子正对着两座大山，出门很不方便。他把全家人找来商量，说："我们把这两座山都挖平，开出一条大路，你们看怎么样？"大家都高高兴兴地同意了。

　　愚公带着子孙开始挖山，住在附近的小孩儿也跳跳蹦蹦地赶来帮忙。他们把挖来的石头土块挑到海边，就这样，从冬天走到夏天，才能来回一趟。

　　黄河湾有个叫智叟的老头儿，笑着劝阻愚公，说："你也太傻了，凭你这样大的年纪，连山上的一棵小树也拔不动，怎么能把大山给搬走呢？"

　　愚公看着智叟说："你这个人真是不明事理啊，连小孩子都比不上。我死了，有我的儿子在呀。儿子又添孙子，孙子又生儿子，子子孙孙是没有穷尽的。而这大山呢，挖掉一点儿就矮一点儿，不会再增高了，只要子子孙孙们不停地挖下去，怎么会挖不平呢？"智叟听了目瞪口呆，无话回答。

　　后来，愚公的这种决心和毅力，感动了天帝，天帝命令两位天神把这两座大山搬走。

从此以后，愚公的门前再也没有大山挡路了。

滴水藏海

在坚定的决心和锲而不舍的毅力面前，再大的困难往往也会变得渺小。

银 针

　　从前有个姓方的医生，他医道好，心肠也好。他发誓要医治好世间的病人。他给穷人治病不取分文，还另外送汤送药。有一年，乡下闹瘟疫，方医生背起药箱，挨家挨户去给病人看脉，还要给那些孤儿寡母煎药熬汤，他一人只有一双手两只脚，怎么也忙不过来。

　　一个夏天的中午，他路过一座大桥，看见桥头上睡着一个瘦骨伶仃的瘸腿乞丐，身上盖着一件蓑衣，在不住地呻吟。方医生顾不得劳累，立刻把乞丐背在背上，去找生火熬药的地方。方医生是个上了年岁的人，头上的太阳似火烧，累得他一步一颠，汗如雨下。乞丐在他背上说："我不想活，你偏来救我，这是何苦呢？"方医生说："见死不救，我还成什么医生！"他背着乞丐，好不容易才找到一个村子。

　　方医生找到一户人家，刚生火熬药，就听见乞丐说："你倒是个好医生，只是人人都要你煎药熬汤，你一个人忙不过来呀，这怎么能把瘟疫治住呢？"方医生叹了口气说："唉，我正为这件事发愁呢！"乞丐顺手从蓑衣上扯下一根棕丝说："这根棕丝便能治住瘟疫。"方医生接过棕丝，正在纳闷，忽地乞丐不见了。方医生再低头一看，呀，手里拿的哪里是棕丝，明明是一根灿灿闪光的银针呀。这时他才晓得，他背的乞丐原来是神仙呀。后来，他就拿这根银针给人治病。他一会儿一针，一针就治好一个病人，没多久就把瘟疫治住了。

如今，有许多医生用银针给人治病，相传这就是方医生传下来的。

滴水藏海

助人者，天自助之。

触动一生的神话故事

魔鬼的金子

古时候,在一个国家的一座小山村里,住着兄弟俩,老大叫阿凡纳西,老二叫约安。这哥儿俩心地善良,哪里有病人、孤儿寡母,他们就到那里去帮忙干活儿,而且干完就走,不要分文工钱。兄弟俩总是分头出去干活儿,只是星期天,他们才留在家里互相谈心,天神常来向他们祝福。

一个星期一的早晨,兄弟俩又出去干活儿了。这次弟弟先走,哥哥在后面。忽然,弟弟约安好像看见了什么,手搭凉棚朝前看,然后又突然跳到一边,哪里都不看。他一会儿由这里跑到山下,一会儿又从那里跑到山上,好像有猛兽在追赶他。阿凡纳西觉得很奇怪,他想看看弟弟究竟为什么这样惊慌。他走近一看,发现草地上有一堆金子,好像是谁丢在那里一样。阿凡纳西想:弟弟为什么那样惊慌? 有了这些金子,我们就可以给大家办更多的事呀! 阿凡纳西想把心里想的讲给弟弟听,可是约安什么都不听,活像个顽皮的孩子,又跑到另一个山冈上去了。

阿凡纳西捧起所有的金子,来到城里,用这些金子在城里买了三座房子:一座做孤儿院;一座做病残人的医院;还有一座作为客栈,给乞丐居住。三座房子都住满了人,人人都称赞阿凡纳西做了三件大好事。阿凡纳西自己没留分文钱，空着两手回家了。

阿凡纳西走在回家的小路上，心想：弟弟为什么逃避金子？是他错了，还是我错了？

阿凡纳西正想着，突然天神来到他的面前，以严厉的目光瞪着他。

阿凡纳西愣住了，问："天神呀，找我有事吗？"

天神说："你给我走开，你不配和你弟弟生活在一起。你弟弟每跳那一下，比你用金子做的那些事还要宝贵。"

阿凡纳西开始诉说他养活了多少穷人，收养了多少孤儿。天神说："那个魔鬼把金子放在那里，就是想用金子来诱惑你，而且正想让你说这些话。"

天神说完，让开路，让他到弟弟约安那里去。约安正在路上等着哥哥呢。从那以后，阿凡纳西再不上那个魔鬼的当了，他认识到，不能用拾来的金子，只能用自己的劳动，才能给人类造福。

滴水藏海

　　天下没有免费的午餐，要想有所收获，必须靠自己的双手。

触动一生的神话故事

两个心愿

从前,有个打柴的小伙子,名叫李有才。一天,他砍了一担柴,路过小水沟。他想,每天这么多的人从这里路过,也没座小桥,都得脱鞋过去,多不方便呀!他把一担柴填到沟里,算作临时小桥,人们踏着柴禾走,再也用不着脱鞋了。谁走到这里,都夸上几句。

过了几天,他又担柴从这里走过,看见沟边一块像人样子的石头动了。呀!石头人变成一个活生生的老人了。老人微笑着说:"小伙子,我待在这儿已经有千把年了。我许下两个心愿,如果我亲耳听到谁被别人称赞100遍,我就让他当上县官。这第一个心愿应该是在你身上了。"老人说着,掏出一支笔,对李有才说:"你凭这支笔,能考中举人,当上县官。"说完,老人又变成了石头人。

李有才半信半疑,拿起笔去赶考。一进考场,笔好像自己会动一样,不一会就写出一篇文章,后来果然中了进士。不久,他被派到本县去当县官。李有才当了两年县官,过着舒服的日子。他想:我一担柴禾搭了个桥,就得到了这样的好处,我要是在河沟旁修座庙,那更不知该享什么福啦!

于是,他派人贴出告示,说要在小河沟旁修座庙,人们都怨恨地说:"这个该死的县官,农忙的时候抓咱来修庙,种不上庄稼,到秋天吃什么?"

不久,庙造好了,李有才坐着大轿,来到小水沟旁,喝退了跟随的人,独自走到仙人石前,得意地说道:"仙人啊,仙人!你这次应该给我什么样的大富大贵啊?"

仙人石又变成了一个活生生的老人了。老人沉着脸说:"我还许下了第二个心愿,如果我亲眼看到,谁被1 000个人怨恨,我就要使他变成一头驴子,这第二个心愿,也落在你身上了。"

话音刚落,李有才已变成了一头毛驴。当天,就被一个过路人牵回家拉磨去了。

95

滴水藏海

真正的善,是不掺杂任何附加条件的本真的善。而为了某种目的而行的善,那还算真正的善吗?

月里媳妇

在江边上有一户人家,老两口领着一个儿子过日子。儿子长大了,老两口给他娶了亲。媳妇不但长得好看,而且做饭、背柴、打鱼的功夫都很好。小夫妻也挺恩爱,可是做婆婆的看不上儿媳妇。

儿子和他爹到远处打鱼去了,家里只剩婆媳俩过日子,婆婆就想法儿给儿媳妇气受。叫儿媳妇一天背十趟柴禾,背不回来就骂;叫儿媳妇一天炒出十锅鱼毛,炒不出来就打。这些都没难住儿媳妇,她都做到了。婆婆还想法折磨她,叫她把十斤鱼晒成十斤鱼干。儿媳妇只好额外捕些鱼来补上这些数。老婆婆难不住儿媳妇,气得要一百斤鱼晒出一百斤鱼干来。这一下子再能干的儿媳妇也忙不过来了。晒不出来,婆婆就不给儿媳妇饭吃,还要打骂她。

有一天下午,儿媳妇到江边挑水,她弯腰一看,江面上出现的人影,竟连自己也不认识了!她想:"哎呀!我怎么变成这样了呢?她想起当姑娘的时候,脸孔多么丰润,眼睛多么水灵,头发多么光溜啊。可如今,脸孔瘦削了,眼睛凹陷了,头发枯干了。她越寻思越难过。婆婆给气受,丈夫不在家,自己的爹妈又离得远,日子真不知怎么过下去。她越想越伤心,不知不觉坐下来哭,先是小声哭,哭着哭着声音就大了,越哭越伤心,越伤心越哭,哭得山谷跟着她哭,江水也跟着她哭。

哭呀哭的,也不知过了多少时间,眼看天色已晚,虽然止住了哭,却不想回家,只是眼睛盯着一对刻着图案花纹的桦树皮水桶,手扯着一根柳树枝,仍在思前想后。

月亮从东山背后爬出来,吐出银光,照着像镜面般平静的江水。她见月亮放光,心想月亮里一定有神,就对着月亮诉说心声:"月亮啊,月亮! 快来救救我吧! 我实在受够罪了。"说也奇怪,话音还未了,只见江面上漂来一块台布模样的东西。她弯腰捡起来,看看也很平凡,就搭在肩头上。再过了一会儿,心想这样坐下去也不是办法,只好挑水往家走,不料刚一站起,肩头上的那块布就掉在脚底下,她不留神一踩,整个人竟腾空而起。她吃了一惊,慌忙拉住柳树,连树根也拔了出来了。她挑着一对水桶,扯着一棵柳树飞上了天,飞到了月亮里,成了月亮里能干的媳妇。

媳妇入夜仍未回家,婆婆连喊带骂沿着江岸找寻,说找着她非要这个小婆娘的命不可。找来找去,发现跳板旁那棵柳树竟然没有了。抬头一看,见一个媳妇梳着扇面似的头,挑着一对水桶,提着一棵柳树飞上天去了。定睛一看正是她儿媳妇,当下一怔,不知怎么向儿子交代;随后又一想,到时就说媳妇不听话,说了她几句,投江死了。

老头和儿子打鱼回来了,没人做饭,须婆婆去做;没有水,婆婆去挑;一切都要婆婆动手,婆婆只好掉了牙往肚子里吞,有苦说不出来。儿子问:"妈,我妻子呢?"她说:"不听话,说了几句,跳江淹死啦!"儿子问:"什么时候淹死的? 怎么没有人去救?"她说:"八月十五晚上,人人都在家里吃晚饭,谁晓得她倒去寻死呢。"儿子不相信,心想好好的人怎么会去跳江,一定是让妈妈折磨跑的。小伙和妈妈吵了一通。

他妈妈后悔也晚了。小伙子还是很想念妻子。

这天晚上,又是十五了,月也圆了,小伙子上江边去坐,眼望着江面流泪，不觉一颗大泪珠子掉到像镜子一样的江面上，把江水滴起了波圈，波圈消失后，月亮的影子出现在水里。小伙子一看：这不是我的妻子吗？怎么跑到月亮里去了呢？她好像说："让你妈折腾得半死，月亮神把我救出来了。"小伙子抬头一看，可不是，月亮里过去没有什么，现在有一棵树，还有他的妻子挑着一对桦树皮的水桶。她成了月亮里能干的媳妇了。

滴水藏海

这个世界上最愚蠢的人干的最愚蠢的事就是：搬起石头砸自己的脚。

负伤的太阳

台湾山地有一个古老的传说,说古时候天上有两个太阳,所以地上不分昼夜。

有一次,一位母亲带着孩子到地里去工作,她生怕孩子被太阳晒伤,就把扫帚竖在地上,给孩子遮阴。但扫帚影子太小,她又在其上张开一件蓑衣,叫孩子在阴影下玩耍,她自己忙着耕作去了。

她忙了一会儿,忽然发觉听不到孩子的声音,赶去一看,孩子不见了,只有许多蜥蜴在爬。她四处找寻,也不见孩子的踪影,只好哭着回去告诉丈夫。她丈夫认为孩子一定被太阳晒死了,尸首被蜥蜴吃了,于是决心去找太阳报仇。

他带了强弓利箭,攀山越岭,走了几千里路,终于来到太阳的身边,瞄准一箭,正中太阳胸口。太阳中箭后,流血不止,十分痛苦,说:"请你把围布借我包一包伤口吧!"他却愤怒地说:"你杀了我的孩子,还想向我借围布?"

太阳听了吃惊地说:"你真不分是非!孩子是你的妻子没有照顾好才死的,怎么怪到我的头上呢?你们每天能平安过日子,万物能生长发育,都是靠我的光照呀!你们不但不感恩,反而来伤害我,这不是恩将仇报吗?快回去好好想清楚吧!"

　　他听了太阳的这席话，很惭愧，就跪下谢罪，并解下围布，给太阳裹伤口。这个太阳包上了围布，光就暗淡了许多，成为现在的月亮。月亮上面所见的阴影，就是这块围布。

　　当他拜别太阳回家时，太阳叫住他说："你回去路很远，吃点东西再走吧！"说着，送给他食物和许多美玉及玻璃的珠玉。他见太阳不但不记恨，还如此慈祥，不觉掉下眼泪来。

　　他回到家乡，对乡亲说出了经过，大家就杀猪宰羊祭礼太阳。并于每个满月之夜，祭礼月亮——也就是负伤的太阳。

　　乡民见他带回不少美玉和玻璃珠玉，都想分享太阳赐予的珍宝，他就把这些东西分给大家，分到的人都把珠玉戴在脖子上，据说这就是颈饰的由来。

滴水藏海

　　以德报怨是一种大境界，如果不是胸怀宽广似海，那是很难做到的。

柳浪闻莺

触动一生的神话故事

传说西湖的柳浪闻莺一带古代叫作柳浦。该地杨柳甚多,聚居着300来户人家,全替郡王府织锦为生,柳浪家也在这里。

柳浪自幼丧父,与寡母相依为命,家境清贫,眼看年纪日长,尚未娶亲,满腹心事唯有跑到柳林深处,对着婉转啾鸣的黄莺倾诉。日子久了,其中一只黄莺仿佛与柳浪格外投缘,每见柳浪织锦,就飞来停在近旁,唱歌陪伴。柳浪也把那只黄莺当成了知己。

有一天,柳浪正在织锦,一个二八年华的姑娘悄悄从柳林中走出来,远远看着柳浪干活。她一身金黄色打扮,瓜子脸又俊又俏,圆眼睛顾盼生辉。良久,她慢慢向前走去,突然间又停下了脚步,脸色微微泛红。

柳浦有个张二嫂,为人心地善良,只是十分爱管闲事。此时她因事来柳家,看见屋门外有个俊俏姑娘看柳浪织锦,正要上前问个究竟,哪知姑娘听见有人来了,一回头见是张二嫂,就亲热地打招呼:"表姐,怎么你也来了,我正到处找你呢!"张二嫂听到姑娘叫自己表姐,有点莫名其妙。"表姐你怎么忘了? 我是你表妹金衣呀!"张二嫂记不起来,但禁不住姑娘声声叫着表姐的亲热劲儿,也就觉得自己真有这么一位表妹。姑娘见张二嫂认了,就说:"我是来投靠表姐的!"张二嫂想起她刚才痴痴地偷看柳浪的神情，心中明白了几分，就说："我有事去找柳婆婆，你先跟我进屋去，待会儿再扯家常。"

张二嫂领着姑娘进了柳家，替姑娘和柳浪作了介绍，叫他们聊聊天，自己去找柳婆婆。

柳浪觉得姑娘十分面善，笑着对她打量。姑娘红着脸，一句话不说，低着头偷偷用眼看柳浪。就这样你望我，我望你，像已互知对方心事。这时，也不知张二嫂跟柳婆婆说了些什么，屋内传来笑声，二嫂竟陪柳婆婆来看新媳妇了。

由于二嫂撮合，柳浪和姑娘都默默表示同意，柳婆婆见了姑娘，更是高兴得合不拢嘴巴，柳家准备择个吉日成亲了。

那天刚好是缴锦之期，柳浪按下心头的高兴，安顿了姑娘，背起锦，匆匆和邻人结伴到郡王府去。

郡王是皇帝的侄儿。那一年皇帝要做六十大寿，郡王准备献上美锦，就在缴来的彩锦中细加挑选。但看来看去，总没有满意的。最后看到柳浪缴来的那匹才连连说好，问这匹锦叫什么名，柳浪说是"西湖九景缎"。郡王认为九字不是整，不能拿去做皇帝寿礼，令柳浪在一夜之间赶织"西湖十景缎"，还指明新添一景要有声有色。

柳浪虽擅长织锦，但一夜织一匹已成问题，还要织出有声有色的锦，更是无能为力。郡王的命令，又不敢不从。他原以为今天是好日子，碰上了意中人，哪知郡王却派给他这桩差事，弄不好就要家破人亡。他满脸愁容，垂头丧失气回到家里，口中喃喃不绝地念"有声……有色……"

姑娘见柳浪愁眉不展，尽说什么"有声有色"，心中不解。柳婆婆见儿子出门时好端端的，回来变了个样，更是忧心如焚。两人百般询问，柳浪只好直说："郡王要织一匹有声有色的锦，一夜完工！"

　　"有色不难办到,一夜完工也赶得出,但要有声……"姑娘边说边想,最后笑了起来,"有声,我也有办法,先别急,今晚我们一起来织。"柳浪听姑娘说能织,半信半疑,但一时无法,只好暂时抛开忧愁,准备材料去了。

　　当晚,柳婆婆虽然担心,却又帮不上手,只好让他们去赶织十景缎,自己先上床睡了。柳浪整丝上机,正待动手,姑娘却推说要去烧水沏茶,出了机房。

　　姑娘实在也不知道有声有色的景到底该怎样织,所以借机出去,和众姐妹商量。这时月上柳梢,她走到堤边,轻轻叫了几声。

　　不多时柳林中飞来了画眉鸟、八哥鸟、百灵鸟和芙蓉鸟。姑娘本来是黄莺变的,日久与柳浪作伴,动了真情。画眉她们听说要织有声有色的美锦,也想不出主意。最后还是画眉想起杨柳阿姨见多识广,就娇憨地拉着杨柳条,叫了声好阿姨,问杨柳有什么办法。杨柳胸有成竹地笑了笑说:"有声有色,又有何难?小黄莺,你不用担心!只要织上杨柳就是有色,织上黄莺就有声。"

　　姑娘闻言告别众姐妹和杨柳,急忙走回机房。这时已是三更,柳浪已织好第五景了。只见姑娘接过鱼梭,坐上机架,一梭一梭地织下去,柳浪也一景一景地看下去。等到开织第十景,柳浪先看见姑娘织了一条堤,然后织一个旧祠堂,接着是成行杨柳。

　　"这是我家,怎算得上有声有色的风景?"柳浪看到这儿急了。

　　姑娘笑了笑:"你家为什么不算呢?"她也不理柳浪,一梭接一梭地织下去,趁柳浪一不留神,迅即拔根羽毛,铺到锦上织出了几只小黄莺。

　　柳浪越看越急,姑娘就是不出声,只自顾自把黄莺织好,才剪下锦缎,卷起来交给柳浪。

103

触动一生的神话故事

"你这是什么风景？我怎向郡王交代？"

"就说是柳浪闻莺。"姑娘微笑地说。

"这怎么成？"

"为什么不成？风吹杨柳翻绿浪，枝头常闻莺啼唱，岂不是柳浪闻莺？"

"虽可勉强算为风景，但有声有色……声在哪里？"

姑娘再把锦展开，指着杨柳问柳浪有没有色，柳浪点点头，又指着黄莺，黄莺竟一齐婉转地鸣唱起来。

柳浪大喜，这时天已发白，柳婆婆起来看他们的十景缎，展锦一看，果然柳丝摇曳，莺声呖呖。她惊喜不已，一面向姑娘谢个不停，一面叫柳浪赶快将锦送到郡王府。

郡王亲自验过"西湖十景缎"，非常高兴，立即装上锦盒，派专人押送进京，并且赏赐柳浪一锭元宝。

柳浪有了钱，就办起了喜事，不料成亲那天郡王府的人上门来了。

原来，郡王赏赐了柳浪后，见那匹美锦太玄妙了，自己也想要一匹，又怀疑不是柳浪织的，就派人去打听，知道柳家来了一个美女。郡王是个好色之徒，听说有美女，连美锦也不要了，就派出手下一名总管、八个旗牌，带人抬彩轿来要人。这些官兵不理柳婆婆的理论、柳浪指斥，还把两人绑了起来。姑娘原想变回黄莺飞走，但又不愿人家知道她的秘密，就被旗牌推进了彩轿。

彩轿抬到郡王府，掀开轿帘，里面竟空无一人。郡王大怒，总管和旗牌也不知发生了什么事，个个慌了手脚。这时门外传来一阵"咚咚"的急促鼓声，门上人来报说是柳浪在辕门击鼓。郡王听了，连哼几声，令旗牌将柳浪带进来。柳浪一见郡王，斥责他不该强抢民妻。郡王却指着空轿对他怪罪。柳浪听说是空轿，以为姑娘已经受害，一面哭喊，一面大骂。郡王大怒,下令把他绑起来斩首。这时,柳浦的百姓纷纷赶到,喧嚷起来。郡王不管三七二十一,叫旗牌把众人全都绑了,下令把柳浪立刻斩首!

郡王还未说完,姑娘忽地出现在他面前。郡王一见俊俏姑娘,立刻变了个模样。

姑娘说:"先把人放了。"郡王听姑娘的话,放了柳浦的乡亲,但不肯释放柳浪。姑娘责问:"为什么不放柳浪?"郡王说:"要放柳浪,你我先进洞房。"姑娘想了想,一口答应了,使女立即把她推进洞房去了。

当晚,郡王府里喜气洋洋,郡王等到贺客都走了,就跨进洞房。柳浪这时孤零零地绑在大槐树下,又饿又渴,快要昏迷了,迷迷糊糊中忽然听见黄莺的啼声,又好像有人在替自己解绳子,定睛一看,原来姑娘正在自己身边。

姑娘拉着柳浪穿过假山,走上亭阁,迅即翻出墙去。等到旗牌发觉,待要追上来,两人的影子一闪不见了。

旗牌只好赶快报告郡王。但在房门口一连报了几十声,都没有回应。好容易等到天亮,还是一点动静也没有,结果惊动了管家,推门进去一看,郡王原来被几根杨柳压住了,翻着白眼,嘴里更塞满了泥巴,所以讲不出话来。

姑娘和柳浪回到家里,柳婆婆正在担心地哭泣,忽然见他们双双回来,喜不自胜,随即又愁眉深锁。

"逃是逃出来了,如果郡王再派人来……"柳婆婆说到一半,又伤心地哭了。

姑娘说:"不用担心,我有办法。"她将柳浪的草鞋脱下,拿着奔出村去。

不久,天上出现了好几百只黄莺,衔着双大草鞋向郡王府飞去。

黄莺越飞越低,一张口,草鞋落在郡王府上,变成一座大山,将郡王府压住。

　　姑娘除了后患,和柳浪欢喜地结成了夫妻。他们织的"柳浪闻莺"一景,后来出了名。西湖边上柳浦一带,杨柳长青,黄莺常啼,游人更加络绎不绝了。

滴水藏海

　　善有善报,恶有恶报,不是不报,时辰未到。

鱼姑娘之歌

五大连池不但风景美丽,传说早先池子里还有各种精灵,例如鲤鱼精、鲫鱼精、蛤蜊精等。这里的精灵不像别处的那样,从不兴风作浪,只是整天在池子里吹吹打打,弹弹唱唱。住在池边的人,每每能听到精灵优美的歌声和奏乐声,碰巧在夜里还能看见精灵出来玩耍赏月。

那时,五大连池边上住着兄弟二人,都是一等的猎手。哥哥莫海老实稳重,弟弟莫江热情活泼。莫江天生一副好歌喉,他在高山上唱歌,飞鸟就在头顶上盘旋;他在水边唱歌,鱼儿就跳出水面。他唱起快乐的曲子,听的人都笑;他唱起悲哀的曲子,听的人都哭。莫江也听说过五大连池里有精灵出水弹唱的传说,但没有亲眼看见过,总想看看精灵是什么模样。

那一年七月十五的晚上,夜空无云,月色明媚,没有一点风,连树梢、草叶都纹丝不动。

哥哥对弟弟说:"你老想知道精灵是什么模样,也许今晚精灵会出水赏月,你偷偷去看一看吧。"

弟弟兴冲冲背起弓箭朝外走。哥哥再三嘱咐他:"五大连池的精灵从不为非作歹,你看看就是,千万不可招惹他们。"

弟弟答应着走了。

莫江来到池边,悄悄蹲在草丛中,眼睛盯着水面,侧起耳朵听着动静。

这时四处无声，月光照得池水晶亮，对岸的石壁也给池水映得闪闪发光。

不一会儿，水里传来说话声：

"黑鳞！你先出去看看动静，看清楚了我们再出去玩。"

没多久，哗地一声水响，从池里钻出一个黑大个子，全身上下一般黑，两只眼睛像两盏灯。黑大个子先站在水面上，向四周张望了一阵，然后沿着池边转悠。这时莫江在草中一动也不敢动。黑大个子游了一阵，就潜入水中。

再过了一会儿，平静的水面忽地卷起长长的水花，由南向北滚到石壁跟前。随后一阵笑声，水里出来三个姑娘，水灵的大眼睛，粉红的脸蛋，都长得俊美异常。其中一个穿红衣的姑娘说："月色这么好，咱们唱歌跳舞吧。"说着，从身上掏出几个纸人，吹了一口气，即变成几个穿彩衣的美女。又一招手，从水里出来很多精灵，手里拿着各种乐器。池上顿时响起了优美动人的音乐声。几个纸人随着音乐翩翩起舞。红衣姑娘说：

"游泳风习月儿明，荷花吐艳池水清，姊妹三人来赏月，歌声笑语永不停！"

莫江这时早已看得出神，听得入迷，忘了自己是在草丛中偷看，竟随着歌声站起来，将身边的草叶碰得簌簌响。说时迟，那时快，池上花毯子猛一翻，水面掀起一个大浪花。水花消失后，池面依然平滑如镜，什么也没有了。莫江站在岸上久久发愣，深悔自己莽撞。他等了好久，再也不见三个姑娘出来，只好怅然回去了。

从此莫江忘不了那三个姑娘。姑娘的歌声不断地在他耳边回响，姑娘的影子老在他眼前晃动。他也不知道姑娘为什么怕人。他天天来到池边，对那堵石壁歌唱。歌声掠过水面，池水哗哗为他伴唱；歌声飘向空中，天上百鸟与他和鸣。但莫江想的，是和三位姑娘合唱！

又一个月明风清的晚上，莫江刚在石壁前唱完一支歌，听到远处也有人在歌唱。歌声越来越近，仔细一看，唱歌的正是那三个姑娘。

莫江高兴极了，唱得更加起劲：

"高山唱歌响四方，水上唱歌声嘹亮。山上水上共同唱哟，为什么偏往水里藏？"

三个姑娘听了莫江的歌，也齐声唱起来：

"世上人心不一样，有好有坏难猜想，好心的歌儿暖人心哟，坏人黑心丧天良！"

莫江又唱：

"我是猎人叫莫江，专杀虎豹与豺狼，心地善良是好人哟，最爱勤劳的好姑娘。"

三个姑娘唱着回答：

"咱是水中鱼姑娘，最爱人间好心郎。听你唱歌知你心哟，请你过来把话讲！"

一个姑娘对莫江扬了扬手，莫江也不知什么缘故，竟觉得身轻如燕，一飘就飘到三个姑娘身边了。他们你唱我和，直唱到月亮快落的时候才散去。

从此莫江和三个姑娘成了好朋友。每逢十五的晚上，都在池边相会唱歌。一天晚上，三个鱼姑娘依约出来，却不见莫江前来践约。她们等到月落星沉，仍无莫江的影子，只好怏怏回去了。等到下次约会之期，又整晚不见莫江。她们不知道莫江发生了什么事，就叫黑鳞去打听。

三个姑娘眼巴巴等了好几天，才见黑鳞垂头丧气回来。一问，才知道莫江不小心射杀了县官的信鸽，无钱赔偿，如今关在监牢里受尽折磨。他哥哥莫海日夜出去打猎，希望多得些猎物卖钱来赎回弟弟。

三位鱼姑娘见好朋友有难，立刻去找县官理论。县官冷冷地说："莫江射杀我的信鸽，理应赔偿，没钱就要坐牢作抵！"

三个姑娘问要赔多少。县官乘机狮子大开口："信鸽用来传信，事关重大，得赔 1 000 两银子！"

鱼姑娘一听,也不着急,齐声说:"我们没有银子,赔珍珠1 000颗如何?"县官堆出笑脸说:"可以,可以!"

她们就与县官约定,次日带1 000颗珍珠来,一手交珍珠,一手放人。县官点点头答应了。

第二天,三个鱼姑娘果然带来了1 000颗珍珠,县官高高兴兴验收后,就下令放了莫江。莫江对三个鱼姑娘感激不尽,她们却说朋友应当相帮,叫莫江不要放在心上。

县官得了1 000颗珍珠,喜滋滋地准备好好收藏在密室里,他见到这些珍珠一颗颗晶莹剔透,爱不释手,逐一拿在手里细看,不知不觉感到眼花缭乱,昏昏沉沉趴在珍珠上睡着了。过了不久,一颗珍珠突然发出轻微的爆裂声,随即听到涓涓细流似的声响。之后,一颗接一颗,1 000颗珍珠都爆裂了,就像是1 000条细流汇合起来。等到县官醒来,早淹得半死了。原来这些珍珠是三个鱼姑娘使法术用水珠变的。县官知道碰上了精灵,只好自认倒霉,也不敢声张。

此后,池边又经常响起了莫江和三个姑娘的歌声。每当月明星稀,他们就一起唱歌,池里的各种精灵也浮出水面,为他们奏乐。

据说直到现在,住在池边的人躺在炕上,还能偶然听到池里吹打弹拉的奏乐声哩。

滴水藏海

音乐是一种能够产生共鸣效果的声频,出自人类本体的最初生命运动,它们伴随人类产生而产生,伴随人类起源而起源,伴随人类发展而发展。

音乐是人间的天籁,陶醉在音乐之中的人都是幸福的精灵。

李冰嫁女

距今两千多年前,秦昭王当政时,四川附近连年发生严重水患,人畜死伤无数,田地也遭到破坏,百姓苦不堪言。这时,李冰是四川的太守,见到百姓这么痛苦,便决定要消除水患,为民造福。

李冰每天沿着江边勘察地形,发现岷江的河水自高山上流下来,到了平地却无法及时排放出去,因而波及两岸的百姓。

"要导引大量的江水,必须设法打出一条通路。"李冰悟出个中道理,立即动手凿通一座山,使江水流入新河道。可是时日一久,上游带下来的泥沙,会使河道的河床增高,到时候又将发生大水。

深谋远虑的李冰为了防患未然,下令在江口拦梯建坝,并于冬天水少时封闭河道,派人把河中堆积的泥沙清除掉,到了万物复生的春耕时节,再开放河道,灌溉两岸农田及满足人民的需要。

成都平原到今天,仍是四川最富庶的地方,当地的人们莫不感怀李冰,为他们建造了这项大工程——都江堰。

由于李冰的贡献实在太大,四川的百姓不但建庙来祭拜他,更流传着一些神话,感念李太守治水的艰辛。

相传岷江的江神,是个脾气暴躁的家伙,稍不称心就发起大水。

111

触动一生的神话故事

"又到了给江神供奉美女的时候了。"主簿急急忙忙对新任太守李冰说,"除了三牲五果,还得凑钱买二位美女送给江神做老婆。"

李冰转过身,不安地来回踱步,突然他的大手往腰间一拍,系在腰上的白色绶带顿时闪着亮光。他说:"今年不用凑钱买了,把我的女儿送去。"

第二天,江边的江神庙内外围满了人,大家看见太守把两个如花似玉的女儿打扮得非常漂亮,用花轿抬到庙里。

"江神,"李太守举起案上备好的水酒,对着神像说,"我能和你结为亲家,感到十分荣幸,请一显尊容,让我敬你一杯酒。"说完,李冰一饮而尽。

但神像一直没有动静,唢呐、鼓号也停止吹动,大家望着江神,低声议论着:"江神今天不发脾气了,恐怕是被新任太守镇住了。"

"我把两个女儿嫁给你,希望以后你别再兴风作浪、发洪水害人了,请你遵守诺言。"李冰说完后,又敬了一杯酒。

突然,桌上盛满酒的酒杯无故被摔碎在地上。

"啊……江神生气了,江神生气了……"围观的百姓吓得嚷叫起来,就在这时,只见李冰抽出宝剑,一晃眼便失去踪影。

大家见李太守不见了,慌慌张张跑出庙外,却发现远处的山崖下,有两头巨大的牛正在搏斗,一头是黄牛,一头则是黑牛。

黄牛拼命向黑牛顶去,两头牛纠缠在一起,地面被踩踏出无数的土坑。忽然,黄牛大吼一声,用角把黑牛压在地上,黑牛立刻翻身跳起,向黄牛扑去。满天的尘土,就像两头牛喷吐出来的鼻息。黑牛痛叫一声,原来他的身子被黄牛顶破。黑牛转身就逃,黄牛紧追在后。刹那间,黑牛突然跃起,在空中化作一条蛟龙,跳进江里,翻起高高的白浪。黄牛奔到江边,吐着粗重的鼻息,怒视着江面,随即又朝人群奔过来，在空地绕了一圈，竟变成气喘吁吁的李冰。

"大人神通无边，求大人除去蛟龙。"众人纷纷跪下请求李冰。

"刚才和江神搏斗了一番，为了百姓，我一定得除掉他。"李冰浑身汗湿，"不过，江神的气力比我大，我一定得想个法子对付他才行。"

说完，李冰把笨重的外衣脱去，手持宝剑跃入江中。天突然阴暗下来，狂风使原本起伏不定的江水汹涌起来，掀起一阵阵巨浪。

惊涛骇浪中，冒出一个青面獠牙、全身布满鳞片的水怪，正持着九环刀向李冰砍下。李冰向左一闪，登上浪尖，向水怪刺过去。两人你来我往，一会儿飞上天空，一会儿钻进水里。

"啊呀！"水怪渐渐败阵，急得哇哇大叫，李冰乘胜追击，一剑比一剑快，只听"当啷"一声巨响，水怪的九环宝刀被李冰挑上天空，水怪一急，立刻潜入水底，化为一条蛟龙，继续和李冰缠斗。

蛟龙张牙舞爪，身子非常灵活，张着血盆大口，一次次向李冰扑过来。

"哎哟！"岸上的人又听见一声叫喊，这次却是李冰太守的声音。原来李冰又变成牛准备和蛟龙决战时，蛟龙趁其不备，伸出利爪抓破牛的肩头。牛大吼一声，跳上岸来，蛟龙紧追不舍，幸亏主簿命令兵士放出利箭，才暂时击退蛟龙。

就这当儿，风浪平静了，李冰也恢复人形，他取出一颗丹药涂抹在血迹斑斑的伤口上，说也奇怪，伤口立刻愈合，就像从未受过伤一样。

人们围着李冰，默不作声，因为他们知道，求李太守和江神决斗，无疑是让江神伤害他的性命。

"大家放心，我一定能除掉江神。"李冰说完，又朝江边走去。

李冰走到江边，回头对主簿说：

"我这次还要变成牛和江神决斗，你和士兵们准备好弓箭，对准他

113

触动一生的神话故事

的要害放箭。"

"遵命。"主簿和士兵们立刻严阵以待。

"哼！"江神在水边偷听得一清二楚，暗暗盘算："我会那么傻吗？"

李冰把白色绶带紧系在腰上，拿起宝剑，附在主簿耳边轻声道：

"江神如果也变成牛，记住，腰上系白腰带的是我，另一只才是江神。"说完，又跳进江里。

浪涛中，只见李冰出剑轻灵神妙，而江神刀法沉稳精奇；李冰一剑削掉江神的头发，江神一刀砍掉李冰的胡须，一会就潜到水底，李冰也紧追过去。

过了很久，岸上的人紧张地盯着水面，眼睛连眨都不敢眨，士兵们更搭起弓箭，全神贯注地等候机会。

忽然，岸边的浪涛中，涌现出两头一模一样的牛，正互相厮斗着。

主簿及士兵仔细一看，右边那条黄牛的腰上，果然牢牢系着一条白色绶带，而左边的那头牛什么都没有。

"射！"主簿人大喊一声，只见"咻咻咻"响，众士兵连发数箭，支支命中左边那头牛的身上。牛巨吼一声，从地上翻弹起来，化为一条蛟龙，摔倒在岸边。

另一头牛跟着跳上岸，就地一滚，还原成李冰。李冰一剑斩下蛟龙的脑袋。从此，岷江的江流潺潺，再也没有发生洪水淹死人的事。

现在四川成都西北，还留有一座"斗犀台"，据说正是李冰太守和江神决斗的地方呢。

滴水藏海

对于那些为人民锄奸除害的英雄，人民会永远怀念他们。

大胆的士兵

　　从前有个士兵，当完兵回家乡去。路上，他走过一座大院子。院子里没人，他想在这儿住一夜。有个过路人警告他：这个院子里有鬼，不管是谁，只要被鬼碰见，就会把你带走。士兵说："我向来不怕鬼，即使来 100 个鬼我也不怕！"说着，他走进院子，找了个空房间住了下来。

　　到了半夜时分，进来一个鬼，对着士兵喊道："你在这儿干啥？"

　　士兵一点儿都不害怕，沉着地回答道："我在睡觉呀！"

　　鬼怒气冲冲地说："这是我的宅院，不管是谁，只要被我碰见，我就把他抓走。现在我就要把你带走。"

　　士兵说："不，我可不愿跟你一块儿走，你全身毛乎乎的，多难看，我跟你一起去见人真有点不好意思！来，让我给你剃光身上的毛吧，把你打扮得好看些，我好跟你一块儿走！"

　　那鬼一看，这次碰上一个胆大的家伙，觉得不答应他也不好办，便同意让他剃毛。

　　士兵拿来一块柞木板，就用这块木板来给鬼刮毛。那鬼疼得直叫喊，士兵安慰他说："你不是想变得漂亮些吗？再忍耐一会儿吧！"

　　鬼发誓说绝不伤害士兵，只求把他放了。可那士兵根本不听他那一套。鬼又苦苦哀求起来，而且答应把这个宅院送给士兵，还愿把一个神奇的秘密告诉他。士兵这才停了下来，问究竟有什么秘密。鬼说："今晚半夜，有一条可怕的大蛇要爬进这个宅院。要是你吻一下那蛇，她会马上变成美女，因为她本来不是蛇，是被妖法迷住的少女。"

鬼的话音刚落，只听门外传来可怕的咝咝声，接着便有一条大蛇爬进院子里。那士兵立刻跑上前去，亲吻了那条蛇，那蛇马上就变成了一个美貌的少女。那少女非常感谢士兵救了她，答应嫁给他。

第二天，士兵就带着这少女一块儿回家了。

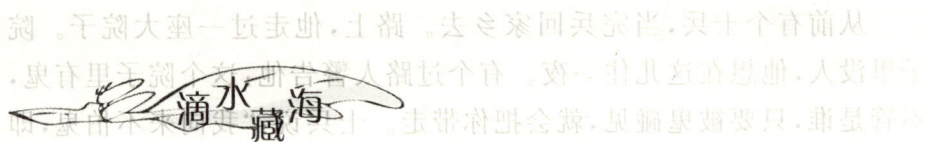

滴水藏海

面对困难，只要你敢于克服，并积极发挥自己的聪明才智，就一定能取得一个满意的结果。